巴金别集 01

海行杂记

巴金

東方出版中心

图书在版编目(CIP)数据

海行杂记/巴金著. —上海：东方出版中心，2017.8（2025.5重印）
（巴金别集）
ISBN 978-7-5473-1154-7

Ⅰ.①海… Ⅱ.①巴… Ⅲ.①随笔—作品集—中国—现代 Ⅳ.①I266.1

中国版本图书馆CIP数据核字(2017)第180305号

海行杂记

出版发行：东方出版中心
地　　址：上海市仙霞路345号
电　　话：(021)62417400
邮政编码：200336
经　　销：全国新华书店
印　　刷：上海盛通时代印刷有限公司
开　　本：787×1092毫米　1/32
字　　数：61千字
印　　张：5
版　　次：2017年8月第1版　　2025年5月第21次印刷
ISBN 978-7-5473-1154-7
定　　价：18.00元

东方出版中心邮购部　电话：(021)52069798

目　录

序 / 1

一月十五日 / 1
"狭的笼" / 3
"再见罢，我不幸的乡土哟！" / 7
香港或九龙 / 10
船上的友伴 / 14
西贡 / 16
植物园 / 22
安南之夜 / 27

新加坡 / 31
威司利 / 35
新的旅伴 / 39
耶稣和他的门徒 / 43
猴子的悲哀 / 46
锡兰岛上的哥伦波 / 50
印度洋中的《茵梦湖》/ 58
伊利沙白与来印哈德 / 62
救生带之试验 / 65
两封信 / 67
繁星 / 71
吉布的 / 73
“我们旅行了非洲了” / 76
红海不红 / 79
海上的日出 / 81
通过苏彝士运河 / 83
波赛 / 86
卖艺人 / 93
地中海上的风浪 / 96

地中海上的第二日 / 99
苦尽甘来 / 100
老歌者 / 102
海上生明月 / 104
最后的一夜 / 106
乡心 / 109
到了法国 / 112
“昂热，再见!” / 115
马赛 / 117
三等车中 / 122
病榻看雪 / 124
巴黎 / 127

附录 《海行杂记》余稿 / 130

序

这本游记是我五年前的旧作，前半部在法国邮船“昂热号”（Angers）的三等舱餐厅中写成，后半部则写于巴黎拉丁区（第五区）一家旅馆①里。

时间是一九二七年一月和二月，那时，我还不曾开始写小说。我为我的两个哥哥写这本游记，使他们明白我怎样在海上度过了一些光阴，并且让他们也领略一些海行的趣味。

---

① 旅馆：这是一种性质跟“公寓”相近的中等或中下等旅馆。

写成后我把它寄给在北平燕京大学念书的三哥，又由他转寄到在成都住家的大哥的手里。这本游记在成都待了将近五年以后，又回到我的手边来。可是我的大哥已经死了一年半了。

当初寄回这本游记的时候，我给两个哥哥写了这样的一封信：

寄上一本我亲笔写成的小书，这是我赴法途中的见闻，这是我的一部分生活的记录，请你们好好地保存它。

我没有给你们多写信。一个人充满手足之情的时候，还有写许多话的必要么？便是一个字一张白纸也可以表示我是怎样地怀念着你们了。

我知道你们也不会忘记我，但是请寄一点东西来，从你们那里来的一切，我都是异常宝贵的。

我虽然知道我们的心不会被那无边的海洋所隔断，但是现在我的心确实寂寞得很！冷得很！望你们送点火来罢。

现在重读着这封信，想到当时的心情，再想到我的大哥的悲惨的一生，我只恨这管拙劣的笔写不出来我现在的悲愤。

因此，我才把这本游记整理出版。我把它献给我的在粉笔灰里度岁月的三哥，祝他永远健康，祝他永远幸福。

巴　金　1932 年 10 月在上海。

一月十五日

一九二七年一月十四夜，我给我的三哥写了一封信，那时他在苏州东吴大学读书：

我去了。是和友人卫同走的。明天早晨就要上船。无论如何，我们没有机会在临行前见面了。我很想念你。我很想再见你一面，但是苏州和上海间的距离阻隔了我们。我从没有像现在这样感觉到我们离得很远。但是我又想到以后我会一天一天地往更远的地方走了。……

你不能来送我也好，免得我在船上流眼泪。

话是说不完的，我们且留着将来再见时谈个痛快罢。沿途我自然会写信给你，告诉你我所见到的一切，使你的心也跟着我游历世界的一部分。……

你记住：船名 Angers（昂热），是法国邮船公司的一只小船，听说是拿一只德国兵船改装的，虽然小，航行起来也还平稳。不管怎样，我要在这只船上度过三十几天的光阴。……

我的游记就这样地开始了。

“狭的笼”

第二天（一月十五日）早晨八点钟，一部汽车把我和卫还有一个送行的朋友送到了轮船码头，我们的行李已经在早一天送到轮船公司去了。

我们上了船。那位送行的朋友和管事说了几句话，那个矮小的法国人就把我们引进一个三等舱的房间。我的第一个感觉就是我走进“狭的笼”了。

走到房门口，我才看清楚我们的舱房的号数是三百零六，这是在船票上注明了的，可是我们以前没有注意到。到了房间里面，卫觉得这一间不好，就要求送行的朋友去找法国管事交涉换一间。法国人说这是规定好了的，现在不能更换。

这间舱房并不小，里面共有八个床铺，每一面是上下两个，重叠起来的。靠外的一面有一个圆圆的窗洞。正对着窗洞那一面的壁上装了一把电扇。顶板上有两盏电灯，白天、晚上都一样地亮着。

床铺相当好：钢丝床上放着厚的褥子，再盖着棕色毛毯和白布被单。我的床位号数是F，卫的是E，都在上层，旁边有一把梯子，我们就由梯子上下。

卫的床位在门边，门的另一边有一个面盆架。我的床位在卫的斜对面，也就是正对着门，床头有两个面盆架。装面盆架的壁上嵌得有一面大镜。架中一个面盆，盆底装着活塞，洗过脸后把活塞拔起，水就流下去了。下面的柜子里分两格，上一格放着一个盛污水的铁匣，下一格放着一桶清水。在面盆上面镜子下面还有一个木架，托着一瓶供旅客喝的清水和两个玻璃杯。瓶也是玻璃制的。

窗户只有一面，就是那个圆洞，玻璃极厚，两边各有一个粗大的螺旋钉，用来开关这个窗洞。稍有风浪，茶房便来把窗洞关上，螺旋旋紧。其实不关窗，想来也不要紧。关了它，虽然浪不会进来，也就把人闷得难受了。

餐厅在我们房间的对面，里面有九张长桌子，一张可坐六个人。每天吃饭的时间规定如下：

早晨　七时至八时：咖啡

　　　十时半：早餐

下午　三时：茶

　　　六时：午餐

每一餐连菜和汤一共三样，还有饭后果品。早餐没有汤，用一盘煮豆子或者沙丁鱼代替，面包一块，似乎太硬，起初我有些吃不惯，总要剩下一半。

船的构造大概分六层。最下的一层是货舱。

我们住的是第二层，在那里面当然很闷热。不过我们也有一个散步和休息的地方，就是上面第四层的甲板（Pont D.）。在那里仰头看见青天，埋头就见碧海。对面是头二等舱房，那里周围有一转走廊，四面都有篷，不怕风浪。每天两顿饭以后，我们便看见那些穿红着绿的西洋贵妇和绅士在走廊上摇摇摆摆地散步。他们的一举一动一言一笑，都表示出自己那种优越的地位。金钱把人们分成各种等级，到处都是一样！

三等舱里也有浴室，因为那里面没有窗，不通空气，人走进去，便要淌汗，好像进了蒸笼，或者下了油锅一般地难受。

我的眼睛看到的“昂热号”不过如是。在这以后的三十几天中，它就是我的唯一的家了。不管舒服与受罪，我总得在这里把三十几天度过去。

“再见罢，我不幸的乡土哟！”

踏上了轮船的甲板以后，我便和中国的土地暂别了，心里自然装满了悲哀和离愁。开船的时候我站在甲板上，望着船慢慢地往后退离开了岸，一直到我看不见岸上高大的建筑物和黄浦江中的外国兵舰，我才掉过头来。我的眼里装满了热泪，我低声说了一句：“再见罢，我不幸的乡土哟！”①

① 这是一首叫做《断头台上》的歌子的第一句，这首歌在旧俄时代西伯利亚的监狱里流行过，据说是旧俄政治犯米拉科夫所作。

再见罢，我不幸的乡土哟，这二十二年来你养育了我。我无日不在你的怀抱中，我无日不受你的扶持。我的衣食取给于你。我的苦乐也是你的赐与。我的亲人生长在这里，我的朋友也散布在这里。在幼年时代你曾使我享受种种的幸福；可是在我有了知识以后你又成了我的痛苦的源泉了。

在这里我看见了种种人间的悲剧，在这里我认识了我们所处的时代，在这里我身受了各种的痛苦。我挣扎，我苦斗，我几次濒于灭亡，我带了遍体的鳞伤。我用了眼泪和叹息埋葬了我的一些亲人，他们是被旧礼教杀了的。

这里有美丽的山水，肥沃的田畴，同时又有黑暗的监狱和刑场。在这里坏人得志、好人受苦，正义受到摧残。在这里人们为了争取自由，不得不从事残酷的斗争。在这里人们在吃他的同类的人。——那许多的惨酷的景象，那许多的悲痛的回忆！

哟，雄伟的黄河，神秘的扬子江哟，你们的

伟大的历史在哪里去了？这样的国土！这样的人民！我的心怎么能够离开你们！

再见罢，我不幸的乡土哟！我恨你，我又不得不爱你。

香港或九龙

开船以后，我并不觉得有什么不舒服。第一天我有点头昏，似乎晕船。舱外面风浪颇大，站在甲板上我又有些怕冷，就只好躲在舱里睡觉。所以第一晚的时间有些难过。但是我并没有呕吐。

从第二天起我就觉得习惯了。海上生活甚至是新奇而有趣的。

船上贴了一张法文布告：“十八日早晨八时到香港，下午四时开船。”我对朋友卫说，一定要上岸去看看香港是个什么样的地方。

船靠了码头，我和卫就跑上岸去。我还以为我们现在是在香港了。

我们走出码头，一路上看见的街道都很整洁。阳光照在我们的头上，到处是绿树，气候比较温暖。我们走过一家邮局，外面用英文写了九龙邮局的字样，但是我们并没有注意。我们进去寄信，先摸出半克朗的银币，邮局的人员不要，说是只收香港币。我们只得出去找换钱的地方。像这样瞎找，本来是不容易的事。去问旁人，又没有人懂我们的话。幸好这一带换钱的地方很多，我们走不多远就看见一家店铺，在门口挂着“银钱兑换”的招牌。这个问题就解决了。在这时候我们才发觉这里是九龙，香港还在对岸。先前我们在码头上望见的对岸一层一层的洋房，那里才是香港。

我们回到邮局去交了信。忽然落起雨来了。我们只得扫兴地跑回船上，刚上了船雨又住了。我和卫都觉得在船上很闷，便又下去。

我们找到一家理发店进去剪了发，以后太

阳又出来了。我们在马路上走了一些时候，看见一些赤足的女子和穿木鞋的男子在湿地上往来。我们身上渐渐地发热，肚皮也有些饿，待要回到船上去吃饭，又来不及了。我们想找个地方吃点东西充饥，顺便休息一下，却又找不着一家饭馆。沿街茶馆倒很多，里面都有几个打扮得漂亮的年轻女郎。我们只得拣了一家茶馆进去。

十多张小方桌摆在狭长的店里面。还有好些高的竹凳子。桌子上放满了油腻的点心，甜的咸的，应有尽有。我虽然有点饿，但是看见这些东西，倒不想吃什么了。我随便拿了一块蛋糕吃。后来茶房端了两碟新出笼的烧卖上桌，我吃了两只，又喝了三四杯茶。卫也吃得不多。这个茶馆里也有一个年轻女郎，她端坐在靠里的一个凳子上，有时也站起来提了开水壶到每张桌子前去加水。

茶价很便宜。我喝着茶一面看墙壁上贴的那一大张白纸招贴：

香港或九龙

日市	岩	茶	二分	夜市	岩	茶	二分四
	名		分二		名		一分六

生意微末故此夜市加茶价四分而已　各诸君祈见谅之

我们明知道开船的时间是下午四点，但是心里总有些发慌。后来我们回到船上，也不过两点钟光景。要到香港去还来得及，只要花五仙钱就可以坐小汽船过去看看。但是卫不愿意去，我觉得一个人走也没有多大趣味，时间又不多，不能够让我玩个畅快，所以我就索性不动了。

开船时我站在甲板上看那些建筑在山上的香港的房屋，一层一层整齐地排列在那里，非常清楚，永安公司屋后的“大东永安公司”几个字也看见了。

船上的友伴

这次和我们同船到法国去的中国学生并不多。在上海上船的除了我和卫外，还有四个。两个是北平中法大学的学生，一个姓范是研究文学的，一个姓巴的学数学；还有一个姓杨的，刚在保定育德中学毕业。他们三个一块儿从北方来，买四等舱的票，却在三等舱的餐厅里吃饭。在我们这个房间里有一个四川的彭君，是学工业化学的。在香港也有两个人上船。一个姓黎，是广东大学法科的学生，还有一个姓李，年纪才十六岁，他有一个亲戚在巴黎做生意。

在我们房间里，彭的床位号数是G。一个到新加坡去的程君睡在床位A上。其余四个床位现在都空着。本来还有两个广东客人，但是他们到了香港便下去了。我们的房间里就只有四个人。

程是基督教徒，他带着他的妻子和两个小孩到新加坡去。他是安徽人，没有去过新加坡。他的母亲、兄弟、妹妹都在那里。

我们和程、彭两位以前都不认识，可是在船上同住了几天，就产生了亲密的友谊。程说："大家都是出门人，应该同舟共济，所以我们都是自己人。"他的话也有道理。

程的妻子住在三百零五号房间，就在我们的隔壁，然而中间也还隔了一个放碗碟的房间。她和她的孩子也时常过来玩。船到香港以后，程夫人房里那个英国胖太太上岸了。她的房间里再没有别的人。程有两三夜都到那里去睡。彭就笑着对我说："他们两口儿今晚上又团圆了！"

西　贡

早晨船到了西贡。这一天我特别起得早，天还没有亮我就穿好了衣服。本来我不会这么早就醒起来的。一连几天都热得难受，我在舱里睡觉总要到夜深才能够阖眼。早晨三四点钟正是我睡得正好的时候，卫忽然把我叫醒了。他惊奇地对我说，他先前梦见一个外国人叫他起来帮忙，他醒来以后却看不见一个人，便又沉沉地睡去了。第二次他又梦见那个外国人叫他，他就惊醒起来。这倒是个奇怪的梦。

我也不再睡了，就端了一把椅子到甲板上去。

海风微微地抚着我。我似睡非睡地躺在帆布椅上。周围没有一个人，异常清静。我完全不用思想，只是半开半闭着眼睛，望着开始在变化的天空。天由深蓝色变做浅蓝色，淡绿色，最后就变作了鱼肚色。不久天就大亮了。

船已经进了湄公河。两旁尽是茂盛的绿树，被晨风一吹便微微地摇动。船的行动激起了水波向着种树的岸边撞去，接着便涌出了白沫。

船走得很慢，东一个弯，西一个弯，岸上的房屋早就可以望见了，但是经过了相当长的时间船才靠好码头。已经是八点钟了。船上的布告也贴了出来：二十四日六时开船。今天是二十一日。

船靠了岸，舱里没有风，更加闷热难受。甲板上开始忙着卸货，起重机的辘辘的响声，卸货工人的大声讲话，上上下下、往来不绝的人。这一切使我们不能在船上久坐。吃过了早餐我就同卫、彭两位一道上岸去了。

脚踏上安南的土地，我觉得是到了南方了。我的第一个印象便是：一切十分鲜明。太阳好像永远不会落，树木也永远长青。到处是花，到处是果，到处是光，到处是笑。想到冬天，想到风雪，就像做了一个渺茫的梦。记得有一位俄国人①说过，人一到了南方就像变得年轻了，他只想笑，想叫，想唱歌，想跳舞，甚至想和土地接吻。

我们走进了热闹的街道。马路宽敞。有一两家大咖啡店，里面奏着乐，还有一处在外面张了篷，就在人行道上安放了桌子，好些法国人坐在那里消磨时间。

我们走了一会儿，想找个换钱的地方，却找不到。我们又不知道应该怎么走。街中往来的行人大都是法国人和安南人；中国人不多，都穿白色学生服。我们想拉着一个人来问路，又怕没有人懂我们的话。东边来的，西边去的，尽是些哼鼻音的本地人。我不知道他们在说些什么。

我们在一条街上发见了胜家公司分店的招牌，

---

① 俄国人：指俄罗斯作家和思想家亚·赫尔岑（А. И. Герцен，1812—1870）。

我们便走进那个店里，用英语向店里的人问了几句话。一个穿西装的年轻广东人告诉了我们换钱的地方。他起初以为我们是日本人，就让我们走了。不知道怎样他后来忽然想起我们是从中国来的，就跑出来追上我们，请我们再到店里去坐一会儿。他会说普通话，不过不很好。他说他新从广东来，上岸的时候受尽了侮辱和麻烦。他把护照给我们看，护照上明显地盖着他的指印。他又告诉我们，法国人怎样统治安南，政治的压迫和经济的剥削两方面同时并进。人要纳税，房子要纳税，生小孩也要纳税。雅片烟倒是可以公开买卖的，甚至设立公烟局、烟话处，鼓励安南人吸食雅片。不错，这样的烟馆我也看见过：一间铺子，外面有门窗，两旁放着长排的竹炕，炕上铺了凉席。许多人像死鱼一般的睡在那里，曲起双腿在吞云吐雾。这就是所谓烟话处了。

我们谈了一阵，喝了几杯茶（在船上没有茶喝），便告辞出来。那位朋友又劝我们乘小火车到堤岸（Chôlon）去玩，说是那里热闹，中国人很多，值得去一次。他指点我们到什么地方去乘小火车。

我们并不迟疑就到火车站去买票，因为车站就在对面。火车刚刚开动，看见我们走近，便又停住。我们跳上车去，车就走了。

一路上尽是绿的树林，黄的田畴，红色的花，茅草的屋，流的溪水，吠的村狗。还有说不尽写不完的景物。……我忘记了这是一月二十一日，我以为现在还是五六月的光景。从上海动身以来不过一个星期，我差不多把四季都经历了。

车不停地往前走，过了一些站头。究竟应该在什么地方下车，我们也不知道。恰好旁边坐着一个安南巡捕，他会说法国话。我们问他堤岸在什么地方。他说他也是到堤岸去，就叫我们同他一道下车。他问我们是不是日本人。我回答说："中国人。"这时候离我们坐处不远，有一个人忽然站起来，走到我们面前，借了卫的自来水笔，在车票背面写道：

"先生等是否初从中国来此？"

“我们由上海赴法求学，道经此地，上岸玩玩。”卫在袋里摸出一张纸条，写了这些字回答他。

这时车已到了堤岸，他便同我们一块儿下去。我们一面走一面谈话。他只能说广东话，普通话也仅仅懂得几句。所以我们只得用笔和手代替舌头。我们知道他姓陈，在小学里教书。

他陪我们玩了半天，陪我们去参观了三所学校和总商会。总商会里虽然没有人出来招待，却也招呼我们在客厅里坐坐喝杯茶，让我们赏鉴这个新建的会所的华丽。学校呢，我们去过穗城高等小学校、东苑小学校、中法学堂三处。教员们引我们到处看了一遍。房子大，教室宽，地方好，我们看到的就是这些。至于思想教育，殖民地的教育哪里够得上谈思想！法国的统治者能够容许你吗？

植物园

第二天早晨八点钟光景陈就到船上来了。他来邀我们上岸去游植物园，说是西贡的植物园很有名。其实这是一个很好、很大的公园。彭留在船上，我和卫同他去了。

我们上岸后，先到一家广东茶馆喝了茶吃了些点心，然后便向植物园出发，在途中陈顺便在他的亲戚开的一家店里带了些水果去。

我们先走过一些大街，看见几家大商店。渐渐地我们就走入清静的街道了。路很宽，泥土是红色的，两旁没有房屋和人家，只有参天的高树，阳光从顶上射下来，给树梢拦住，只洒了些明亮的斑点在地上。这里除了鸟声外，偶然从远远的地方送过来一点点市声。我们缓缓地走着，脚踏在沙地上，声音很清脆，一声又一声，一步又一步，都印在我们的平静的心上。行人很少，偶尔有一二辆牛车走过，或者安南巡捕骑着自行车跑过去。有时也有一两个行人，头戴白通帽，身穿不长不短开大襟的青色衫子、白色裤子，脚着皮鞋，嘴唇上还留着浓黑的八字胡。

我们走进了植物园，一进门就看见浓艳的热带花卉，和碧绿的热带树木。植物园很大，而且布置很好。不仅有湖，有桥，有亭，有石，有花，有草；还有禽，有兽。

我最爱一带曲折的走廊。靠外的一边有一尺多高的红石栏杆，上面盖着红瓦，下面铺着一方一方的花石，整齐得就像一幅地毯，并且清洁而光滑。栏杆外垂着新绿的树叶和藤条，恰好遮了阳光。在转弯的地方，栏杆中间嵌了一把可以坐五六个人的石头长椅。椅子后面有一个小小的花台，上面放了几盆花。靠里的一边是一个天井，用一带铁丝网拦住。里面再用铁丝隔开，成了许多铁丝笼，养着各种奇怪的大鸟：有大嘴的，有长脚的，有的有美丽的羽毛，有的有清脆的声音。梁上挂着许多盆花。花盆小，花垂到外面来，掩盖了花盆，使人只看见叶和花，好像它们就生长在半空中一样。我们在石头椅上坐了好久，一面谈话，一面剖开带来的橙子吃。就在这里我们遇见了程和他的妻儿。他牵着两岁大的孩子，她抱着不满一岁的女儿。我看见他们，就像遇到亲人一般，虽然我和他们认识才不过八天。

程和我们谈了几句话，就牵着孩子走了。他们去后不久，一个本地巡捕带了三个本地人进来，在我们旁边坐下。一个年轻人从怀里摸出了一副小纸牌。于是四个人起劲地打起牌来。

“走罢。”我站起来说，我们就走出去了。

我们去看关老虎的地方。那一大块四方的土地完全敞着。地是用红石铺砌的，上面没有屋顶，只是在四周围了一道铁栏。中央有一个洞穴，大概三尺多高，是用石子和泥土堆起来的，还有许多通风的洞眼。洞子上面长满了牵牛一类的蔓草。洞旁还有一个很小的圆水池。老虎睡在洞里，人站在铁栏外也看得见。

我们又去看鳄鱼。一个小池子中间一株斜生的大树，树根在外面，水井不深，也不多。有两只大鳄鱼：一只在树根旁边爬着；还有一只半截在水里，半截在岸上，动也不动一下。不用说，池子的四周也有一道铁栏。

离这个地方不远有一座六角亭，六面都是密密的铁栏。亭子中央一株枯树般的东西大约有七八根桠枝。树身上盘着一根大碗口般粗的花蛇，正昂着头东摆西望，地上还有五六根细一点的大蛇。

饲象的地方一面靠墙，三面围着稀疏的铁栏杆。上面没有屋顶，地上铺的石板并不平坦，缝隙里生出一些青草。象真是一个庞然的大东西。我们丢了两个铜子进去，它听见声音便慢慢地走过来，用它的长鼻子放在地上东闻西嗅，找到了一个铜子便卷起来放在口里衔着，又找第二个；第二个躺在石板缝旁边，它第一次没有卷起来，便从鼻子里哼出了两口气，又把鼻子在地上打了两下，就把它卷起了。然后它又转过身子向着栏外东边坐的一位安南女人，把铜子抛过去。她拾起了铜子就掷了两根甘蔗给它。象卷起了甘蔗放在口里一咬，咬成两截，又用鼻把两截一齐放在口里，很快地就吃光了。我们叫它行礼，它向着我们把鼻子在地上点了几下。

我们玩到疲倦了，才离开植物园。出来时我们走过池畔，那里的荷花初谢，莲蓬刚结。可惜我们来迟几天，看不见荷花了。① 陈送我们上船，在我们的房间里谈了好些时候。他临去时，彭送了他一本漆树芬著的《帝国主义侵略下之中国》。我和卫没有适当的礼物送给他，只有在纸上写了几句感谢的话。

---

① 安徽詹君偕其友人程君后我半月赴法，道经西贡，曾游斯园。程君有句云：“故园梅雪争残腊，斯邑芙蕖放满池”，则半月后荷花又大放矣。

安南之夜

晚上我端了那把自己在西贡买的帆布椅放在甲板上，安闲地躺在椅子上面。下面有几只小木船泊在我们这只海轮的旁边。那些船上有人弹起了安南的乐器，一声一声地送到我的耳边，很是凄凉。今天是旧历二十，月亮刚出来，水上还很黑暗，只有对岸的电灯十分明亮。船上本来还在装货，但这时工人都上岸去了。夜非常静。

一个法国水手唱着歌慢慢地走上船来，唱的是《安南之夜》。

……

安南之夜

闲荡之夜

恋爱之夜

陶醉之夜

温柔之夜

……

梦幻的国土

异邦人来寻忘忧地

愿忘掉他们的往事

……

这些断句送入我的不熟习法语的耳里。我在思索这些话的意义。

幼年的往事渐渐地涌上我的心头。许多美丽的景象在我的眼前更换。安南乐器的凄凉的调子在我的耳边就变成我的姐姐的笛声。姐姐爱过我，但是她死了。她是难产死的，死得很惨，那时我远在南京，连和她诀别的机会也没有。……

起重机的响声和安南人的鼻音把我惊醒。工人们又开始装货了。我不想在甲板上再躺下去，就跑下舱拿了毛巾和肥皂到浴室里去洗澡。

我还不曾洗完，卫就在外面叫我。他和彭想上岸去喝茶，要我同去。我匆匆地穿好衣服跟着他们上岸了。我们走不多远，便看见一个咖啡店，里面有一个安南女人在弹琵琶。我们没有进去，又向前走。夜晚的街道就和夜一样，也是很柔和的。我走一步，脚步放得缓缓地，就像在踏进一个梦境。街上半明半暗，又罩上一层淡淡的月光，行人和房屋都带了些空幻的色彩。这梦幻的夜！我不说话，我在领略。……

后来我们走进了一个茶馆，上了楼，拣了靠栏杆的位子坐下，正好望月。等了半晌，茶房才来。我们问他要茶，他却回答说只有饭了。我们只得扫兴地出来，另走一家，也得到同样的回答。我们没有办法，一摸身上，三个人的钱凑起来也只有三角西贡银币，就全拿出来买了几个橙子。

我们回到船上，时间已经不早了。吃完橙子，依旧口渴，房间里的水瓶又空了。我们叫茶房，一个也不来，他们都到岸上玩去了。甲板上闹得很，房里又闷热。我要睡，又睡不着；要不睡，口又渴得难受。

我们在西贡，这是最后的一夜了。明天早晨我们就要往更远的地方去。这最后的安南之夜应该是值得人留恋的。然而热和渴……

新加坡

在西贡开船后，第三天我们就到了新加坡。我熟习这个地方的名字。现在我倒要上岸去看看新加坡究竟是一个什么样的地方。

我和卫、彭两位同去。我们都是第一次到这里，上了岸就不知道应该怎样走。幸好不久在码头上会见了程的兄弟。他来接他的哥哥。程给我们介绍了。他就告诉我们走哪一条路可以到热闹的街市去。但是他不曾把话说得清楚，我们也没有听明白。结果我们白白地在海滨绕了一个大圈子，依旧走到原处。

后来我们只得随意乱走，居然也走进了热闹的街道。为了找一个邮局寄信，又费了九牛二虎之力，还问了两个印度巡捕。回来时我们才知道离海岸不远便有一家邮局。

我们走过的新加坡的街道并不怎么好。初上岸时我们还看见几条很好的林荫路，路中有印度巡捕站岗，有电车、汽车和人力车。中国人在这里开店的很不少。印度人和马来人也有些，开烟纸店卖杂货做银钱兑换生意的，都是这些人。我们经过他们的店门前，那些盘着腿坐在货摊上、戴着圆顶小帽、穿着白布衣服、围着红花布裙子的马来人便要高叫“Change money? ……”① 头一摇一摆，黑脸上闪着两颗倒明不亮的眼睛。真有趣！

彭带的一点零钱，在邮局交信时便用完了。我们带的是一张一个金镑的钞票。这时候天气太热。我们冬天从上海动身，路上缺少夏季的衣服。

① “Change money?”（英语）：“要换钱吗？”的意思。

卫主张每人买条白帆布西装裤，我们估价至多不过半个金镑。我们走进一家银行去，想换出半个金镑留一半换先令，却不成功。后来我们又走进几家银行，都说不行。而且我们又不知道什么地方有卖现成西装裤的商店，走了好几条街，都看不见。

我们正在为难之际，忽然旁边出来一个人，在我们身边站住。他问我们是不是新从中国来的。我们把情形告诉了他。他懂得普通话。他是广东人，姓陈，年纪有四十左右，相貌很和气，说话很直爽。他陪着我们先找到一个地方把换钱的问题解决了。

然后他又引我们到卖衣服的地方去，只坐了三站的电车就到了。他用马来话和卖衣服的商人讲价钱，他说了许多话，我完全不懂，只听见“巴尔巴”的声音。他已经挣红了脸，差不多要生气了，这才把价钱讲妥。我们买了两条白帆布西装裤，只花去三元六角，倒也不贵。斜对面便是中华书局，他陪我们进去看了一阵书，又陪我们走了一节路，他还想送我们回到船上去，我们客气地谢绝了。他便抱歉似地说，他还有别的事情，否则他很愿意款待我们。他亲切地和我们一一握了手告辞走了。我望着他的背影，微微地叹了一口气。我真感谢这位陌生的同胞！

船在新加坡只停了八个钟头，下午四点钟就开船了。那时候我还立在甲板上，看见一些本地人划了独木船来讨钱。我们船上也有人把铜子掷下去。

威司利

到了新加坡，程上去了，他带走了威司利。

威司利就是程的小孩，现在快满两岁了，是个很可爱又很活泼的孩子。他的身体结实，一天到处跑来跑去，从房间跑到餐厅，从餐厅跑回房间，时常一个人跑。有天晚上他一个人爬上第三层的楼梯，还在往上爬，我和彭从上面下来看见了。彭两只手提着他走下去，把他送到他的母亲的房门口。两只小手已经涂满了灰尘，成了黑手了。我们刚回到自己的房里，威司利又跑来了。我把他抱在我的膝上坐着，指着他的黑手给他看，他只是笑。过一会儿他一翻身爬下去又跑了。这晚上他的父亲病了，他的母亲要看护病人，又要照料他的小妹妹，所以让他一个人跑了出来。

威司利会叫“妈妈”、“爸爸”，也会叫“李先生”，又会说“Good-bye”。你若问他今年几岁，他便伸起两根小指头，又问他的妹妹的年纪，他便伸一根指头。他只能够伸大指和小指；叫他伸起任何两根靠近的指头，他便没有办法。然而我们偏偏叫他那样做。起初他自然弄不好，但是后来他也勉强可以做了。

有一次彭给了他几块饼干，饼干筒子放在床下。他以后每到我们房里来，就要用小手指着床下的饼干筒子，后来又把它拖出来，抱起它放到彭的身上。彭揭开盖子递了两三块饼干给他。他的母亲在旁边看见了，便用手指头在脸颊上刮，羞他说：“威司利丑丑，做贼呀！”他听见这样的话，略一迟疑就把饼干还给彭。他自己觉得难为情，又爬到床底下去搬东西，把一瓶一瓶的药放在彭的身上，有一次竟失手把一个瓶子打碎了。

有时他的父亲在这个房间里，坐在彭的一个大皮箱上面。他跑进来，要他的父亲站起让他，用小手拼命拉他的父亲，一定要拉起来才罢手。在平时他无论走到什么地方，总有父亲或者母亲跟随。在甲板上他也是一样地东跑西跑。他的父亲害怕出事，不让他跑到边上去，于是自己跑去阻拦他。他看见父亲一跳一跳地拦住他，他忍不住笑起来，一面拼命向前跑，但是总跑不出他的父亲的圈子。餐厅的桌子两边，每一面可坐三个人，他的父母对面坐着，在横头添了一把椅子给他坐了。他们三个刚刚坐成了一个三角形，这样他的父母才好照料他。但是他常常吃了一两样菜就跑开了，母亲只好离开餐桌去拉他回来。

程的夫人不过二十几岁，就已经是两个孩子的母亲了。一个整天东跑西跑，另一个才几个月，还不能走路。她要看顾大的，又要照料小的。每天的两顿饭她没有安心吃过，不是因为威司利跑了，便是因为房里的小孩哭了。威司利在西贡受了暑，病了一天，就把他的父母急坏了。她比程更着急，午餐时她也不出来吃饭。啊，母亲的心！

威司利病好以后，程又病了一天。后来他对我们说："有了小孩子，闹得我一刻都不能够安宁，这几天真把我苦死了。"然而他无意间露出了欣慰的神情，好像这痛苦也是有代价的。

到了新加坡，程的母亲、兄弟、妹妹都上船来接他们。这一家人现在团圆了。我也替他们高兴。但是我不愿意跟这十多天来的友伴分别，尤其使我挂念的是那个两岁的威司利。不知道我以后还有没有机会再看见他，再看见他们。

新的旅伴

程在新加坡下船以后，我们的房间里仍然有四个人，因为这时候又来了一个广东人姓邓的。他也到巴黎去，但不是去读书。他原是电机科的学生，在法国住过六年，回国以后又在广州服务了一个时期，后来就到新加坡工作。他这次到法国去购买机器。

在我们的房间里邓代替了程的地位。他初来的时候，有一个年轻女子送他上船。她是他的妻子，相貌端正，身体健康。她和他讲广东话，我们不懂她讲些什么，但是那心情我也许可以猜到。

后来快开船了，她默默地和他对望了一会儿，然后微微一笑就低下头去。她再抬起头来，他就挽着她的手往外面去了。他们也许有更重要的话说，她也许会流泪给他看。然而我们没有权利妨碍他们的告别。我们知道她送了他两篮子的水果。这以后我们也可能吃到它们。她还送了两本书给他。这两本书我以后也借来看过，都是许钦文的小说，在当时也许是时髦的作品。但是她挑选它们一定也费了一番苦心。书名是《故乡》与《回家》。不管内容怎样，单是书名就可以表达出妻子的心愿。她把这两本书长留在他的身边，希望他时时记着“故乡”，希望他早日“回家”。以后我每看见这两本书摆在邓的床位上，那个圆圆脸的做妻子的女郎的面影就出现在我的眼前。她一定是很聪明的女子。

邓会讲普通话，我们可以自由地和他交谈。他去过法国，很熟习法国的情况，因此有许多谈话的资料。他的性情直爽，这使他更容易和我们接近。我们这个房间的四个人性情差不多，谈起话来也没有拘束，大家都觉得痛快。

邓来了以后，那两个在香港上船的广东学生李和黎也常常到我们的房间里来玩。他们也买三等舱票，房间在上一层，虽然比我们的房间小一点，却只有四个床位。我们不大懂他们的话，常常靠邓来作翻译。李年纪轻，人也天真。他带了许多线装书准备到法国去研究古文，我们常常笑他。

现在我们同船的中国学生一共有九个了。每天晚上，在甲板的一角安放了我们的帆布椅，九个人中有的躺着，有的坐着，我们毫无顾忌地谈着各样闲话，讨论各种问题。小孩般的李忽然想起就说："这里是中国的租界，这里是中国的殖民地。"大家都笑了。

于是一个人说："今晚又讨论什么问题呢?"前一个晚上我们讨论了帝国主义，这一晚就来谈贞操问题。邓念"贞操"两个字声音很奇怪，在彭的耳朵里听来却变成了"精虫"。这又是引大家发笑的资料。

有一次年轻的李又提起“中国租界”的话，那时候他刚刚讲过他跟一个法国人打架得到胜利的故事。他学过拳术，虽然年纪小，却很有力气。彭接口说：“再过十几天，大家便要各走东西了，租界也会被人收回了。”大家只微微一笑。

耶稣和他的门徒

在新加坡不仅走了一位程君，同时还少了两个波斯教士，其中一个年长的曾经被我们称为“耶稣·基督”。

这两个波斯教士本来是到西贡去的，但是他们并没有在西贡登岸。船刚到西贡时，我们看见一个法国警察在甲板上和他们谈话。那个警察问他们到西贡去干什么。他们的答语我听不出来，然而看他们的神情，像是很受窘了。

这两个教士里面年长的有五十多岁，年轻的一个不过二十几。年长的教士的面貌很像图画里的耶稣。我起初并不曾留意，有一天卫向我提起，我才觉得他的话不错。从此我们就叫他做耶稣，而叫他那个年轻同伴做耶稣的门徒。

这位耶稣是一个苦行者。他永远是那一副受苦的面貌。每天他和“门徒”一起在甲板上散步，讲我们不懂的波斯话。他们没有买帆布椅，别人都躺着的时候，他们仍然站在甲板上。甚至在风浪较大，老人受不住了时，虽然有空着的帆布椅，他也不坐。他抱着一块木头睡在地上，瘦脸上露出无穷的痛苦，似睡非睡地半张开口发出微弱的呻吟。我在旁边看见他这个样子，心里很不好过，就站起来走下舱去了。我把我的椅子拉到他的身旁，暗示着让给他坐的意思。

他们本来住在上一层的房间里，但是船要离开西贡时，他们忽然搬到我们的房里来了。据说他们原来买的是到西贡的船票，如今在西贡不能上岸，改到新加坡，补了票，而床位却已经卖出去了，他们只得搬到下面来。他们搬下来的时候，茶房的脸上露出不高兴的表情，把他们的行李胡乱堆着，并且把帽子塞在床底下。他们找不到帽子，叫茶房来问，茶房却把他们教训了一顿。他们一句话也不说。但是不知道怎样第二天他们又搬到另一个房间去了。

天气更加热起来了。他们依旧穿着那一身厚西装，照常地走，照常地睡。他们忍受着一切。

这位耶稣有一次用英语对程说：“抽烟是恶事，喝酒是恶事。”当时他的声音严厉，态度庄严。他的受苦的脸一直在我的眼前摇晃。他的脸上表现出他过去所受的无数的痛苦，还预言着他将来所要受的更多的痛苦。

这位耶稣到了新加坡，便带着他的“门徒”上岸了，这个地方还没有拒绝他们。他们可能是到那里去继续过受苦的传道生活。然而你这位波斯的耶稣啊，你以为你这样就会拯救人类吗？不，不，除了反抗而外，再没有别的方法可以使人类得救。你，你一味地忍受，到后来你也会被人钉死在十字架上。这“忍受”会判决你的死刑。在这个世界上我们不能够忍受，我们也不应当忍受。

猴子的悲哀

在最高的一层，就是头等舱的上面，大概是船长住的地方。我们在第四层甲板上可以望见上面的景物。那里的房间有三扇圆的窗户，被蓝花布窗帷掩着。房门不在这一面。房外两边都有空地方，各放了一只小船，左边还放着几个铁丝笼，里面关了三四只大鸟。在一张桌上还有一个笼子，一只猴子被囚在里面。

有一天，猴子居然从囚笼里逃出来了。

我知道这件事是在第二天早上，就是离开新加坡的次日。我看见旗杆上有一个像老鼠一般的东西。旗杆很粗，上面因为有几根起重机的杠杆要靠在那里，就加了一个椭圆的木板，四面也围着铁栏杆。栏杆不高，又不密，倘使有人站在木板上看下面，他的身子只能够被栏杆遮住一小半。所以猴子在上面跳动，我们也看得见。船的两边各有一个用粗绳（也许是铁丝）编成的梯子，一直通到木板上，有时水手也从这个梯子爬上去扫除上面的灰尘。木板上面还有一道小梯，通到旗杆的顶上。

起初我还疑心那个东西是老鼠，因为我们在货舱里看见过大老鼠，而且那时我还不知道猴子逃亡的事。后来猴子沿着梯子爬下来，但是爬到中途又爬回去了。这次我才看清楚它是猴子，而且就是平日关在铁丝笼中的猴子。于是有人来告诉我猴子逃亡的故事，又有人说它昨晚曾在上面拉绳子弄出响声来。

黎拿了一个苹果出来，问一个瑞士老头子怎样才可以把它抛上去给猴子吃，猴子已经饿了快一天了。瑞士老头子虽然是老于航海的人，却也没法回答黎的问话。

不久一个水手从左边的梯子爬了上去，爬得很快。他快要爬到上面，却给猴子看见了。猴子就从右边爬下来。这个水手马上退了几步，向旁边一侧，同时把手向猴子一扬。猴子本来很狡猾，它爬到半途便停下来观动静，这时又爬回到木板上去。水手看见它爬回去，就很快地爬上了木板。猴子却又从右边爬下去了。于是另一个水手又从右边的梯子爬上去。猴子看见两边都有人上来捉它，便很快地溜到起重机的杠杆上去。右边的水手立刻把脚一蹬手一扬，也就溜到那根杠杆上面。猴子又溜上了另一根杠杆，水手也跟着上去。猴子看见追得急了，连忙溜到旁边吊货的绳子上。下面站的旁观者便拉起那根绳子用力摇动。猴子没有防备，经不住一摇就落到第三层的甲板上面了。旁观的人一齐跑过去捉它。它跑得很快，大家都追不上。后来还是一个法国兵用了一顶大帽子把它罩住了。这时候饲猴人就跑过来，很欢喜地把猴子抱在怀里，走上最高的一层去了。

猴子在饲猴人的怀里不住地哀叫。声音并不响亮，却有点惨痛，在这静寂的海上，在我的平静的心里，许久都不能消去。

锡兰岛上的哥伦波

一月三十一日我们到了哥伦波。关于这个地方，我从前在梁启超的《欧游心影录》里读到了下面的话：

哥伦波在楞伽岛，这岛土人唤做锡兰。我佛世尊曾经三度来这岛度人，第三次就在岛中最高峰顶上说了一部《楞伽大经》①。

① 见《梁任公近著第一辑》，上卷，一九二二年上海商务印书馆出版。哥伦波现在译作“科伦坡”。

我们这几天在船上很闷，到了这样的地方，当然想上岸去看看。所以船刚刚进港的时候，我们的心就痒起来了。

然而我们的船并不靠岸，在这里停的时间又很短，我们上岸去也没有多的时间好玩。譬如那个有名的坎第湖，上岸后要坐四小时的汽车才到得了那里，来回就要花八个钟头，哪里还有玩的功夫？

我们决定搭这个船公司的汽艇上岸。这比较方便些。开船的时间是规定了的，每半点钟一次。但汽艇只有一只，一次从船上开，另一次从岸上开，如果赶脱了一班，便要在码头上等一个钟头。

上岸的第一件事便是交信。在邮局的斜对角有一个小小的公园。正中有一个喷水池。园里还有一座石像，一手持钵，一手握杖，看起来很像一个化缘的行脚僧。

卫和彭同坐在一把长椅上，我却站在旁边一株小树下面，一只手握着树枝。树根旁边有一块砖，我用脚把砖翻过来。下面有许多黄蚂蚁，它们受了惊，慌张地乱跑，看起来密密麻麻，不知道有多少。有些爬上了我的皮鞋，又被我抖下去了。

这时有两个本地人走过来，站在我们面前，带着笑脸和我们谈话。他们会讲几句英语，卫就叫他们领我们到本地的庙宇去看看。

坐了一阵电车，我们下来，一路上椰子槟榔漫山遍谷，肥大的叶子被风吹起，真像许多绿凤迎风舞翼。常常有几个漆黑面孔的黑美人走过路旁，她们的服饰很漂亮，短发却乱得像鸡窝，牙齿因为常常嚼槟榔变成了红色。

我们走到了卧佛寺。庙宇的建筑相当雄伟。看庙人领我们到各处看了一下。大殿上也还堂皇，四壁和天花板上都绘着菩萨像，颜色很新，像是新近重绘上的。看庙人在殿前一株大树上摘下三片树叶，很恭敬地献给我们三个，每人一片。这是菩提树，土人奉它为神圣。听说每座庙里一定有一株这样的树，树上还挂着一些东西。我们在十字街头也见过一株菩提树，树上还挂得有一个神龛，周围有竹篱围着。

我们得到菩提叶便把它插在西装袋里。那个人又引我们去看卧佛。上殿时他叫我们揭下帽子脱去皮鞋，似乎门前也有一张这样的告白。看庙人开了门上的锁，让我们进去。我们看见卧佛了。像塑得平常，佛斜着身子躺在那里，右手支持着头。像非常大，塑起来工程倒也不小。供桌上放着几盆雏菊，这是佛教徒敬献的。花开得正好，看庙人也摘了三朵给我们。我们走出殿来，好奇心还没有得到满足，殿门便锁上了。

看庙人向我们要礼物，我们身边实在没有东西送给他。他便向我们讨钱，彭给了他几角钱，这才罢了。

我们走出庙来，那两个本地人还在门外等候。看庙人用一阵笑声送走了我们。

那两个本地人又把我们引到另一个庙宇去。那里的看庙人出去了，殿门没法打开。但是我们又冤枉地脱了一次皮鞋，揭了一次帽子。在那里我们遇见了几位黑色贵妇，虽然黑，面貌却很美，装束也很华丽。我告诉那两个本地人，我们不要再看庙宇了。我们现在需要的还是咖啡店。事实上我不是佛教徒，佛教的庄严也引不起我的注意了。

我们进了一个咖啡店。五个人一共喝了三瓶柠檬水，两杯茶，十只香蕉。我们休息了一会儿，彭付了一个鲁比（一个银圆）。对面一张桌上有两个本地人在吃炒饭。他们穿一身漂亮的西服，却捧起盘子，用手抓饭来吃。

我们最后到胜利公园去。这个公园很大，花草也多，但是布置不及西贡的植物园。卫、彭和两个本地人坐在一把长椅上谈话。我却拣了大树下面的一把椅子坐下。园里只有寥寥几个游客，和几只飞鸟。远远地有一对年轻人坐在树荫下长椅上讲情话。少女的粉红衫子，掩映在绿树丛中，更显得鲜艳。

过了好一阵，他们走过来叫我回去。我们走出公园，不多远便有电车站，我们坐电车到海滨。下车不几步，我们看见了先前逛过的那个小公园，便又进去了。我独自坐在石像下，默默地望着喷水池。时间过得很快，不到四点半钟，我们便出了公园，打算在附近闲走一会儿，搭五点钟开的汽船回到海轮去。那两个本地人向我们说了告别的话，彭身边还有本地的钱，就拿出七角来送给他们，让他们走开了。

我们随便在街上走走，有些印度人看见我们就叫："阿拉达，"（他把我们当作日本人，就用日本话的"你"字称呼我们） "Change money?" "Drink tea, good tea!"① 彭带笑用英语分辩道："我们是中国人。"后来我们就站在大街上茶担子前面，每人喝了一杯茶，付了三角钱。卖茶的人接连说："不贵，不贵。"

我们走到码头，找了一个地方稍微坐了一阵。后来汽船到了，乘客上岸以后，我们便跳上船去。我们先前上岸时同来的还有几个法国军官，现在我们回去又和他们同船。我们在汽船上坐了好久

① "Drink tea, good tea!"（英语）："喝茶罢，好茶哟！"的意思。

才开船。有一个法国军官等得不耐烦了，便跑上岸去。他回来时船刚刚离岸。他的同伴们坐在船上望着他笑。他从袋子里摸出一方手帕不住地挥动，一面说："再会，再会。"我们大家都笑了。还有三个法国女子也来迟了一分钟，眼睁睁地望着船走了。要坐下次的船，还得等一个钟头。自己雇划子，既没有坐汽船安稳，又要花钱。

船一直到晚上十点钟才开出港口。午餐后我们在甲板上面看装货卸货。工作完毕了，那些本地工人就在船上吃饭。一个人把一张芭蕉叶摊开，白饭就放在那上面，另外还舀了一瓢肉汤倾在饭上。那一群黑工人从工头那里得到他们的晚餐后，便拣了一个地方坐下，把芭蕉叶放在地上，用他们的黑手抓饭吃。有一个正吃得起劲，不提防背后一个法国兵拿了一块布抛在他的身上，他惊得跳起来，却把饭倒在甲板上了。他一点也不生气，默默地把饭抓起来就往口里塞。

货装完了，舱板也上好了，船还没有开。泊在我们前面的一只英国船倒先开了。我看见这只船转了一个弯，然后慢慢地消失了。海面平静，天空黑暗。对岸在放烟火。一个红的或者绿的火球飞上天空，忽然散开了，成了红的或者绿的花。最后的几个会变成两种颜色，先绿后红。卫一面看烟火，一面看手表，据他说每隔四分钟放一次。后来等了四十分钟，还不见再放一个。但是船慢慢地动了。

印度洋中的《茵梦湖》

从哥伦波到吉布的[1]要走七天的海程，在我们这次海行中，这是一段最长的路程了。我们听说印度洋的风浪很大。彭有一个朋友最近从法国回来，经过印度洋，从吉布的到哥伦波的一个星期内，他睡在床位上，不吃一点东西，就像死人一样。我以前在什么人的游记里（也许是孙福熙的游记罢）也见过一幅描写印度洋中大风浪的可怕的图画。如今听见彭这样说，就有些胆怯了。

---

① 吉布的（Djibouti）：东非法属索马里兰的首府。

何况第一天我就听说身体很强健的广东学生李和黎在上面的舱房里吐过几口清水呢。

然而事实证明，这完全是过虑。印度洋中七天的生活是非常平静、非常愉快的。我们在这里看不见一点风浪。水面的绿色洗也洗不掉，那无尽的涟漪，一个接连一个，永远不停地向前面滚去。没有浪涛声，只有海水在船底下私语。白天有红日在蔚蓝的天空里航行，把阳光散布在我们船上，又被篷布遮住了。我们偶尔离开帆布椅站起来，便看见日光在碧波上流动。有时候还有一群一群的海鸥在天空飞翔，或者在水上游戏。天是蓝色的，海是绿色的，在这样的背景里映出来的雪白的翅膀是分外地鲜明美丽。晚上空气凉爽，天上有月有星。夜很柔和，我喜欢这个美丽的、温暖的海上的夜。

在这些日子里，甲板上的生活的确舒适、愉快。每天除了下舱去用餐用茶点外，我们都留在甲板上看书谈话。杨带了一部《红楼梦》来，许多人都在读它，谈它。彭读了两遍《红楼梦》，晚上睡觉时，还拿着书说是要去会林妹妹。范拿了一本字典读《红楼梦》，遇到不认识的字就翻字典。李一个人在读《古文观止》。

某一天李告诉我说这是旧历元旦。但是在印度洋舟中谁还有心思过年呢？我早已把旧历忘在脑后了。这一天和平日过得一样地平淡而愉快。然而也有一件值得纪念的事情，就是我把一册世界语译本的《茵梦湖》① 掉在印度洋里去了。

事情是这样的：这天早晨我拿了两本《茵梦湖》到甲板上去读：一本大而薄的是世界语译本；一本小小的红书是德文原本。我拿着书靠在栏杆上，带了一本德文小字典在翻看。左手拿着两本书，又按住字典，右手在翻字典的篇页，当时没有留心拿稳书，竟让世界语译本从手中间迸了出去，我连忙用右手去捉它，已经来不及了。书页大张开，随风飘舞了几下，就落到了水上，像平日那样地摊开着，正是那一页，有着吉卜赛姑娘

① 《茵梦湖》：德国作家斯托姆（T. Storm，1817—1888）的中篇小说，有郭沫若和钱君胥合译的中文译本。

的歌的那一页。我用留恋的眼光望下去，好像在看一个亲人一样。但是书渐渐地往后面退去了。过了一会儿我再往下看，已经看不见它的一点踪迹。这样大的海洋里，一本小小的书！

吉卜赛姑娘的歌的最后两句，还在我的眼前荡漾，我怅惘地轻轻把它们念了出来：

Morti，O，morti，

Mi devas sen vi！①

① 世界语："死，哟，死，我应当没有你！"

伊利沙白与来印哈德

为了纪念《茵梦湖》的坠海，我就使里面的男女主人公在船上复活起来。

这时候船上有两个法国小孩，女的大约有七岁，男的比她小一岁的光景。他们两个常常在一处玩，而且玩得很亲密，真有点像《茵梦湖》第二章《儿时》里所描写的来印哈德和伊利沙白。所以我就用那两个名字称呼他们。

来印哈德和伊利沙白是在这只船上认识的。来印哈德同他的父母一块儿旅行。伊利沙白是跟着她的母亲和两个姨母上船的。他们很快地成了亲密的小伴侣。

有时伊利沙白拿了朱古律糖[1]上甲板来，看见来印哈德，便分几块给他吃；来印哈德有玩具也拿出来和她同玩。

我们的海轮在西贡装了许多袋米，一到新加坡这些米袋就被人搬下去了，散落了好些白米在甲板上。伊利沙白和来印哈德两个便一把一把地将白米拾起来，装在他们的木碗里，说是要拿去做饭呢！

在海上我们常常看不见什么东西，所以一有船来，大家都非常高兴地抢先去看它，就像它是一个熟朋友。这时候来印哈德便高叫“bateau[2]！”伊利沙白也跟着跑去。

船上还有一个两岁多的小孩名叫利利的，也很可爱。他有时也跟他们两个在一起玩。有一次三个小孩都爬在货舱的舱板上面玩什么游戏。后

① 朱古律糖：现在的译名就是巧克力。
② bateau（英语）：船的意思。

来伊利沙白和来印哈德都爬下来了，而利利却站在上面不敢动，高声叫："利利要下来!"他的母亲才跑过来把他抱了下去。

救生带之试验

舱里布告板上贴了一张法文布告：

今日下午十六点钟试验救生带……

我并没有注意它。到了下午四点钟，我正在餐厅里写信，忽然听见了一个大的响声。我吃了一惊，不知道发生了什么事情，正要放下笔到上面去看，管事就跑来叫我到上面去试验救生带。我才知道是这么一回事，便把纸笔收起跑进舱房里。我看见卫和彭都在取挂在壁上的救生带，便也取下挂在我床位旁边的那一副，拿着它走上了第四层甲板，像许多西洋人那样把救生带缚在身上。我起初想也许会把船停了，放一只小艇下海去，让我们在小艇里面演习救生带的用法。但是我们站了许久，还不见一点动静。舱面上站满了人，你望着我笑，我望着他笑。

又过了一会儿，那个管事才慢慢地拿起一张名单来点名。他把我的姓名叫成了“李要扬”，虽然读错了字音，我也答应了一声。我充满好奇心等候试验的到来。但是，怎么？管事竟然走开了。许多人都下去了，甲板上只留下我们几个。我这时才知道所谓试验，所谓演习不过如是。

我走下舱来，经过布告板，又看见一张法文布告：

明日上午船将突然停止行进，以便检验机器有无损坏，乘客勿惊。

我笑了笑。放心罢，我是不会惊慌的。

两封信

在平静的印度洋上，我写了两封信。

一封是给我的两个哥哥的，里面有这样的话：

今天除了思念你们而外，我什么都不想。只是我这样地思念你们，你们果然能够知道么？你们也许不会了解我。这一年来我是一天天地走向孤独了。我和家里的人差不多完全断绝了消息，便是和你们两个也很少通信。然而我又不能不思念你们。我就是这样矛盾的一个人。有时候我愤怒地对自己说："你快些使自己被别人忘却罢，不要使别人将来为你的不幸的生活而悲伤，不要使有一个人为你哭泣！总之，你叫别人忘却你，你也就忘却别人罢！"

然而便是这样，我也不能够忘记别人，即使我自己可以被人忘却。这一年来的生活，尤其是这半个多月来的生活，更使我认识了我自己。无论什么人，只要我见过他一面，只要他曾用和善的眼光看过我一眼，我就不能够忘掉他。何况你们是我曾经相依为命的两个哥哥……

另外，给我所敬爱的一个年长的朋友，写了下面的话：

……我们从卧佛寺出来，菊花和树叶还插在我们的衣袋里。此行于我不会生什么影响。我不是佛教徒，佛教的庄严已经引不起我的注意了。然而我在过去的某一个短时期里也颇有意皈依佛教。因为生与死的苦闷压迫着我，我也曾想在佛经中找到一点东西来解除我的苦闷，我也曾与许多和尚往来（虽然那时候我还是一个小孩子），但是结果我并没有得到什么。那只是一个妄想，那只是一个不能实现的梦。佛教的理论纵然被佛教徒夸示得多么好，但这究竟是非人间的、超现实的；人间的、现实的苦闷，还得要人间的、现实的东西来解除。你自信你看破生死罢，然而你看见或者身历可悲、可喜、可愤的事，还是不能不悲喜、愤怒，否则你便不是人了。然则你又何尝看破生死呢？所谓虚无是与现实的人的世界相冲突的。我想拿佛教的理论来解除我的苦闷，到头来我的苦闷却一天比一天地增加。我所见到的人们的痛苦，也是不能够拿玄妙的理论来解除的。于是我不能够忍受下去了，便重回到现实的路上，做一个社会运动者，要用人群的力量来把这世界改造，改造成一个幸福的世界，使将来不再有一个人受苦。这样的我来到了佛教史上的重要地方，站在伟大的卧佛之前，会有什么感想呢？我已经不是任何宗教的信徒了。

我现在的信条是：忠实地生活，正当地奋斗，爱那需要爱的，恨那摧残爱的。我的上帝只有一个，就是人类。为了他我准备献出我的一切……

繁　星

我爱月夜，但我也爱星天。从前在家乡七、八月的夜晚在庭院里纳凉的时候，我最爱看天上密密麻麻的繁星。望着星天，我就会忘记一切，仿佛回到了母亲的怀里似的。

三年前在南京我住的地方有一道后门，每晚我打开后门，便看见一个静寂的夜。下面是一片菜园，上面是星群密布的蓝天。星光在我们的肉眼里虽然微小，然而它使我们觉得光明无处不在。那时候我正在读一些关于天文学的书，也认得一些星星，好像它们就是我的朋友，它们常常在和我谈话一样。

如今在海上，每晚和繁星相对，我把它们认得很熟了。我躺在舱面上，仰望天空。深蓝色的天空里悬着无数半明半昧的星。船在动，星也在动，它们是这样低，真是摇摇欲坠呢！渐渐地我的眼睛模糊了，我好像看见无数萤火虫在我的周围飞舞。海上的夜是柔和的，是静寂的，是梦幻的。我望着那许多认识的星，我仿佛看见它们在对我霎眼，我仿佛听见它们在小声说话。这时我忘记了一切。在星的怀抱中我微笑着，我沉睡着。我觉得自己是一个小孩子，现在睡在母亲的怀里了。

有一夜，那个在哥伦波上船的英国人指给我看天上的巨人。他用手指着：那四颗明亮的星是头，下面的几颗是身子，这几颗是手，那几颗是腿和脚，还有三颗星算是腰带。经他这一番指点，我果然看清楚了那个天上的巨人。看，那个巨人还在跑呢！

吉布的

吉布的到了。

下午五点钟的光景，我正在餐厅里写游记，黎进来说：“海水已经变了颜色，可以看出分明的两种颜色来。船快要靠岸了，上去看看罢！”我答应了一声，就收拾了纸笔，跟着他到舱面上去了。

海水果然现出了两种颜色：远处的是蓝色，近处的却是绿色。看起来界限也很分明！远近都有小船往来，船里坐的是戴红色圆顶帽的阿拉伯人。还有些黑人，光着头，赤着身子。海鸥一群一群地在水面飞舞游戏。不远处，还有跳起来的大鱼。

看见岸了。这一个星期来的唯一希望就是靠岸，它马上就要实现了。但后来我才知道船并不靠岸，却停在海中。一只汽艇载来了几个本地警察。他们陆续上了大船。红色高帽，黑色制服，手里握着警棒，下面两只脚不穿袜，也不穿鞋。黎忽然笑起来了。警察们并不知道他在笑什么，只顾摆起架子站在扶梯旁边，监视上下的行人，好不威风！

卫叫我到左边去看。那里围了一大群人，都在望水面上的什么东西。我挤进人丛中去，在栏杆旁边找到了一个地位。水很清。一些黑脸浮在绿水上面，口里不住地叫。这是什么？五个黑小孩！他们泅水过来向船上的人要钱。他们的脚在水里不住地上下拨动，我看得很清楚。一个法国人丢了一个铜子下去，他们中间有一个就把头往水里一埋，脚一翘，跌了几个觔斗，钻下水去不见了。忽然水面起了一个大声音，好像一尾大鱼跳起来似的，于是那张黑而紫的脸，短而卷的头发又出现在水上面了。黑小孩用手抹一抹脸，手里拿着那个铜子，朝我们晃了一下，便把钱放在他的口里衔着，然后泅着水走了。

“这也是人的生活。”卫侧过头对我说，他的面貌很严肃。

我不答话。我望着黑小孩跟波浪搏斗的情形，我的心似乎被什么东西搔着痛，我想这应该是一个残酷的景象罢。

“我们旅行了非洲了”

船二月七日下午到吉布的，第二天上午十点钟离开。船不靠码头，船公司又没有汽船往来接送，乘客上岸很不方便。第一天因为时间太晚，第二天因为船开得太早，我两次都没有上岸。但是邓和黎在第二天早晨上去了。

这天早晨，我喝过牛奶以后就到舱面上去。在我们这只大船的右面，并不十分远，有一只沉没的船斜卧在海中。船身已经起锈，有两个烟突，看起来船并不小。据说也是这个公司的船，半年前从马赛开往上海和横滨，在红海里起了火，不久就扑灭了，走了一天到吉布的，船又烧起来，终于沉没在吉布的海港里。幸好乘客都没有遭难。有八个中国学生，行李都烧掉了，在吉布的住了两个星期，才搭上这个公司的下一班船回国。这个故事也许是真实的罢。今天我看见这只沉船，还想象得到半年前海上的惨剧，耳边仿佛还听见遇难者的呼救声。

我走到第三层的舱面。船尾有一个法国人在钓鱼。水很清澈，便是钩上的饵在水里也看得见。等了好一会儿，还不见有上钩的鱼，那个人就不耐烦了，抛了两块牛肉下去，马上就有许多小鱼围上来吃牛肉。这些鱼真是小得很。忽然水面上起了几个泡，一尾大鱼跑过来一翻身就把那块肉吞下去了。但是饵还浮在水上，没有鱼来吃它。钓鱼的人愈来愈性急了，每过两三分钟就要把钓线拉起来看。他钓了一个钟头，还不曾钓起一尾小鱼。后来他又换上几次新的饵食，也没有用，终于收起钓竿走了。

水里小鱼密密麻麻地聚成一团。忽然一只海

鸥飞在水面上，像要啄食什么似的。于是水面一声响，水花四溅，一群小鱼就随着水花飞到各处去了。

快到十点钟的时候，还不见邓和黎回来，我们有点替他们着急。后来我们下舱去等开饭，但是心里还惦记着那两个上岸去的朋友。一直到开船前的几分钟，他们才走进房里来。邓手里拿了两筒新买来的香烟。黎得意地用英语说："我们旅行了非洲了。"

红海不红

以前听见人说红海很热。我们在红海里走了四天，却觉得一天比一天冷，到第二天许多人就受不住了，不但天气变冷，而且风浪也很不小。舱面上许多帆布椅凌乱地放着，没有人过问。连那几个法国军官也常常躲在舱里。

红海的水是深蓝色的，一点也不红。我不知道红海这个名字的来源。我也看过红海的日落，这自然不是平凡的景象。太阳快走下地平线的时候，云被日光蒸得鲜红，又反照在水面上，这时候海水的确有些红，但是这红色也只限于一个地方，并不是整个海面成了一片鲜红。而且这种景象也并不是红海所特有的，我记得在印度洋看落日，也有这样的印象。

卫看见红海的日落，便坚持地说：“这里的海水的确比别处的红，不然何以叫红海呢?”彭在旁边就笑了起来，接口说：“你不曾听见昨天那个瑞士老头儿说过，‘红海的水是红的，你到浴室里用海水洗个澡，就会变成布尔什维克。’你能相信这样的话吗?”

卫无话可说了。然而我们依旧想不透红海是怎样得名的。我们只知道红海不红而已。

海上的日出

为了看日出，我常常早起。那时天还没有大亮，周围非常清静，船上只有机器的响声。

天空还是一片浅蓝，颜色很浅。转眼间天边出现了一道红霞，慢慢地在扩大它的范围，加强它的亮光。我知道太阳要从天边升起来了，便不转眼地望着那里。

果然过了一会儿，在那个地方出现了太阳的小半边脸，红是真红，却没有亮光。太阳好像负着重荷似地一步一步、慢慢地努力上升，到了最后，终于冲破了云霞，完全跳出了海面，颜色红得非常可爱。一刹那间，这个深红的圆东西，忽然发出了夺目的亮光，射得人眼睛发痛，它旁边的云片也突然有了光彩。

有时太阳走进了云堆中，它的光线却从云层里射下来，直射到水面上。这时候要分辨出哪里是水，哪里是天，倒也不容易，因为我就只看见一片灿烂的亮光。

有时天边有黑云，而且云片很厚，太阳出来，人眼还看不见。然而太阳在黑云里放射的光芒，透过黑云的重围，替黑云镶了一道发光的金边。后来太阳才慢慢地冲出重围，出现在天空，甚至把黑云也染成了紫色或者红色。这时候光亮的不仅是太阳、云和海水，连我自己也成了光亮的了。

这不是很伟大的奇观么?

通过苏彝士运河

二月十二日十点钟船到了苏彝士。我们没有上岸，只买了几套拿上船来卖的风景片。

下午一点钟开船，我们进了苏彝士运河了。

两边是岸，两岸的距离大约只能容两只轮船通过，可是同时又不能够走两只大船。岸上的风景很好，有整齐的房屋，有茂盛的树林。右边空地多，没有种什么东西。水很平静，是浅蓝的颜色，只有细微的波纹。经过了红海的风浪以后，我到了这个水明如镜的运河，心里的快慰真难以形容。

不久我们又经过一个很好看的大树林。几个西洋人带得有望远镜，就用它们来看岸上美丽的景物。还有两个法国人拿出照相机来拍了照。

一只英国轮船慢慢地跟着我们的船走。我们在船尾上看这只来船，看见船头，倒把船身缩短了。这样地看来船，在海上很少有这个机会。

这里海鸥不少，有时一群一群地飞下水去，离船并不远。我身边还有十几个中国铜子，现在没有用处，便摸出它们拣一个向海鸥掷去，没有击中，就落到水里去了。李和卫他们也拿铜子来掷，都没有打中海鸥。李偶然掷了一个铜子在岸上，便快活地说："从此苏彝士河岸上有了中国钱了。"我们都笑了起来。

船走了几个钟头以后，似乎走出运河了，一时看不见了两岸。后来船又进了运河。快到午餐的时候，船忽然在河中停下来。我们不知道是为了什么缘故。问别人，有的说不知道，那个瑞士老头儿说是等别的船来。这里的水的确像一面镜子，映着落日的霞辉，非常美丽。

到了晚上，船又开了。夜里天气很凉，我们在房里闲谈，没有到舱面上去。在十一点钟的光景，我们就睡了。

大概在早晨两三点钟罢，我忽然醒了，到上面的厕所去。我听见抛锚的声音。我在船尾站了片刻，看见水面上远远地现出一盏大的灯，在这深蓝色的天和水之间，放出异样的亮光，我很爱这一盏河口的明灯。

波赛[①]到了。明天早晨我们要上岸去呼吸陆地的空气。离开哥伦波以来，我就再没有踏过陆地了。

---

① 波赛（Port Said）：现在译作“塞得港”。

波　赛

到了波赛，船不靠岸，船公司又不派汽船来接送客人，我们要上岸，实在不方便。卫和彭因此决定留在船上。范和杨颇想上去看看，可是他们在上海动身的时候，并没有拿护照到英国领事馆去签字，现在就不能在这里上岸。

结果只有我一个人游了波赛。

我是和那个在哥伦波上船的英国人同去的。我们把护照交给站在扶梯旁边的本地警察看过以后，便顺着扶梯走了下去。在许多小船中拣了一只，跳上去，叫舟子马上把船划走了。

其实船停的地方离码头很近，不过二十步的光景。我们在船上就看得清楚岸上的一切。但是没有小船，谁也没法上岸。

照规矩，划船的人并不收船钱。岸上有一个收钱的地方，我们便把钱交到那里。船钱是五个便士，我拿出一个六便士的银币，那里没有钱找，说是暂存一个便士，回来时再补。那个英国人给了一个先令，那里也只找出六个便士来。

我们上了岸，英国人要去看勒赛卜斯[①]的铜像。我也想看看这个法国人是什么样子。铜像在海滨。我们先走过一道铁栅门，一个警察来把我们的身上摸了一下，算是检查过我们身上有没有违禁物。这里是海关。过了海关，我们便沿着海滨走去，看见一条堤一般的石路突出在海中，石路的末端就立着铜像。勒赛卜斯左手拿着运河图，

---

① 费·勒赛卜斯（1805—1894）：法国的外交家和冒险家，发起、计划和主持修建苏彝士运河的人。他的铜像在一九五六年年底被站起来了的埃及人推倒了。（一九五九年注）

右手指着红海，眼睛望着地中海。铜像正面的石座上刻着一行拉丁文，据同来的英国人说，是“我开凿了这个地方”的意思。我们在铜像下面徘徊了一阵，便从石路走回码头，然后走进城去。岸边有无数的小船，望过去，桅杆就像树林一样地密。

天气很好。早晨下过微雨，现在太阳从云里露出来了。我们就在温暖的日光下面慢慢地走着。船进红海以后天气又变冷了，这时我穿上大衣并不觉得热，我们正好借散步来使身体暖和。街道清洁、宽敞，两边有各样颜色的房屋。路中间还有一种有轨马车。我们一面走，一面闲谈，那个英国人尤其高兴。偶尔有一两部出租马车来向我们兜生意，他便对车夫说：“我们在这里散步，觉得非常快活。对不起，用不着你的马车。”

路上行人并不多。我们偶尔遇到几个阿拉伯女人，她们蒙住脸，只露出眼睛来，额上顺着鼻梁挂了一根长的牛骨环子。男人戴红帽，穿的衣服也很奇特，一般人都说英语。后来我们走过一个菜市，那里又污秽又吵闹，我们不曾停留，就匆匆地过去了。

我们绕了一个大圈子，把城里重要的地方都走过了。我很想乘火车到开罗或者亚历山德利亚去看金字塔和斯芬克司①，但是下午一点钟就要开船，时间不给我方便，我只好在一家照相馆门前看看金字塔的照片罢了。

我们正要回去，忽然听见了一阵钟声，这是从教堂里传来的。英国人是一个基督徒，听见钟声，便起了到教堂去的念头。我也就陪他去访问那个教堂。我们朝着钟声走去，果然走到了教堂的门前。教堂里正在做礼拜。一辆马车停在门口，一个年老的绅士携着一个十二三岁的姑娘从车里下来。英国人走过去问他这是什么教堂。老绅士回答是天主教的。英国人是新教徒，不肯进去。我们等到老绅士进去以后，在门缝里张了一下，

① 斯芬克司：希腊神话中狮身女面有双翼的怪兽，常常坐在路旁岩石上，拦住行人，要他们猜一个难解的谜，猜不中的人便会给她弄死。

就走开了。

我们又往前走，走不多远，便看见一个教堂顶上的十字架。我们走过去，正门已经关上了。我们正在踌躇间，前面来了一个阿拉伯人。英国人便问他这是什么教堂，他说："这是英国教堂，你们要进去，可以走那边的小门。"他领着我们转了一个弯，果然走到小门前面，轻轻地推一下，门就开了。英国人向他道谢一声，便进去了。我也跟着进去。

我们进了门，看见花丛中有一条小径，便沿着小径走去。转一个弯，经过一个花棚，走到花棚尽处，我们看见右边一道石阶，石阶上便是礼拜堂。门是锁住的。对面有几间房屋，屋里的人听见了我们的脚步声和谈话声，便从窗里露一个头出来问什么事情，接着人也走出来了。

这位年轻的英国牧师客气地跟我们握了手，接着就问我们的来意。和我同来的英国人开始叙述自己的历史：他是一个生在印度的英国人，这还是第一次回英国，先搭船到马赛，然后再转伦敦；他是医科学生，又是基督徒，所以到教堂里来祷告。他说完以后，我就简单地说我是中国学生，现在搭船到法国去读书，路过这里，上岸来玩玩。牧师问我是不是从上海来的，我说是。他问上海还有没有战事？我说没有，战地离上海还远。他又问我是基督徒还是孔教徒。我说了两个“不”字，正要接下去说我是一个非宗教者，英国人却代我补足道：“他们中国人大都是孔教徒。”我也只好微微一笑。我们又谈了一些闲话，牧师就打开礼拜堂的门，让我们进去，然后又跟我们握手告别。

我们脱了大衣，放在门外的长凳上，再把帽子压在大衣上面，然后空手进去。里面墙上挂了不少的宗教画，我也不大看得懂。礼拜堂内有一排一排的座位，每个座位前都放了一个蒲团一般的东西，每一张小桌上有一本《圣经》和一本赞美诗。

英国人跪下去祷告起来，他的态度不用说是很虔诚的。我坐在旁边，心里暗笑。等到他祷告完毕，我们才一起走出去。今天是星期日，十点钟有礼拜。然而这个英国人爱礼拜的心，不及他爱面包的心，他要回到船上赶早餐的时间，便只好把礼拜牺牲了。我听见他这样地在和自己商量。

我们出了礼拜堂，就往归路走。我们又走过那个博物馆，门依旧关着，真不凑巧，偏偏遇到星期日。英国人后来又说要到别处；我不想等他，就一个人回去了。

到了付船钱的地方，收钱的人收了我一个先令，只找出来六便士，连先前欠的一个便士，现在共欠两个便士了。这样的债，要什么时候才还得清呢？那么为什么又不把船价改为六便士呢？这个道理我始终猜不透。

我从头等舱的梯子上了船，正望见卫、彭、邓、黎在对面第四层的甲板上散步。我心里高兴地想：我也旅行了非洲了。

卖艺人

我走到第四层的甲板上，卫便向我说：“刚才有个阿拉伯老头儿到船上来玩把戏，可惜你没有看见。”我问他是什么样的把戏。

“用三个铜杯，叫每个杯里面都变出一个木塞来，然后又叫三个木塞都跑进一个铜杯里去。”卫说。

“这没有意思！还有别的吗？”

“还有把一只小鸡的头一扯，立刻跑出另一只小鸡来。”卫得意地接下去说。

这时早餐的铃声响了，我们便停止谈话走下

舱去。在开饭的时候，餐厅里来了三个穷音乐师，给我们奏起乐来，里面那个年老的还唱了几首歌。老歌者的破声痛苦地在餐厅里抖着，一直抖到我的心上。他唱完以后，便拿着一个盘子挨次走到每张桌子前面。吃饭的人全高兴地摸出钱来放在盘子里，老歌者道了一声谢，再歌了一曲，便走了。

饭后我们又到舱面上去。不久一个老头儿走了过来。他有红黑的肤色，飘散的短发，满口灰白的胡须。他穿着灰白色的衣服，瘦脸上堆着笑容，说话的声音颤动得厉害。他的年纪大概五十多了。他拣了人多的地方坐下去，就开始玩起把戏来。

他起初玩着木塞的把戏，我觉得这个把戏并没有意思，不过我也看得出来他的手法灵巧。以后他忽然从怀里摸出一只黄色小鸡，说一声："poulet"①，把这只小鸡放在地上，让它走了几

① "poulet"（法语）："小鸡"的意思。

步，然后又把它捉在手里，拾起一个木塞，说了一声“mangez”[①]，就不由分说把木塞塞进了鸡的嘴里，马上又从鸡屁股后面取出来。

观众们都笑起来了。男人大声哈哈笑。小孩望着母亲笑。女人一面笑，一面用手拍她们的儿女。老人突然左手捉住鸡，右手拉住鸡头拚命地一扯，随着他的右手出来了一只黑色小鸡。两只小鸡很活泼地在甲板上安闲地走着。他又拿出一个木塞放在旁边一个人的怀里，后来把手一扬，这个木塞又回到他的手里了。他又玩了一些类似的把戏。最后他忽然问那个人要鸡，那个人诧异地伸手在怀里一摸，果然摸出了一只小鸡来。这自然是先前放木塞的时候放进去的，不过人们不曾想到，不曾注意到罢了。他出其不意的这么一来，惹得许多人大笑。于是铜子、银角就像雨一般地抛到卖艺人的四周了。

① “mangez”（法语）：“吃罢”的意思。

地中海上的风浪

我在房里睡着了，醒来时船已经离开了波赛。船身动得很厉害，海水打到了窗洞的玻璃上面。我们进了地中海了。

在上海上船的时候，我就听见人说过，地中海的风浪很大，这一段海程很不容易过。现在倒要由我自己来体验了。我虽然有些担心，但是我又高兴。我的好奇心在鼓舞我，我倒希望能够遇到大的风浪。

果然我第一次感觉到船进了地中海的时候，彭已在下面叫受不住了（他的床位在卫的床位下面）。不久听说李在呕吐，后来黎也吐了。但是我还好。

他们都躺在床铺上。房里没有人说话。我一个人跑到舱面上去看。我刚走上楼梯，一阵冷风迎面吹来，我不觉打了一个寒噤，连忙把大衣领扯起，把帽子按紧。海水全是白色，真是白茫茫的一片。浪很大。一阵风吹过，便涌起一股浪，浪花更高，被风吹得四处溅，差不多要溅到我的脸上来了。船上机器的声音，风打浪的声音，船篷被风吹起的声音，这三种声音响成了一片。船不但往左右颠簸，而且还上下地摇起来了。我勉强支持着在甲板上走了一会儿。我常常拔起右脚，左脚便站不稳，再拔起左脚，右脚又要倒了。船一动，身子就一偏，幸好有栏杆挡住，不会跌下海去。

甲板上如今非常清静了。许多帆布椅凌乱地摆在那里，没有人坐，也没有人来管。我端了一把椅子放在可以避风的地方，躺下去，默默地看着浪和风的搏斗。

这个晚上我们睡得特别早，午餐后照例的散步虽然没有取消，但是我们都把时间缩短了。大家都不愿意在甲板上受风吹浪打。

地中海上的第二日

早晨醒来听见的第一句话，便是彭说的："这个样子真要叫人死。"我微微一笑，照常地下床去洗了脸，就到餐厅去喝牛奶，然后又到舱面上去。

海水已经变成了深蓝色，风浪仍然很大。蓝色的水波里冒起了丝丝的白色浪花。风一吹，船上音乐齐鸣。

杨这时候也走上舱面来散步。他一偏一倒地走着，一个不小心，就滑倒在甲板上。他慢慢地爬起来，就回到下面去了。他有点不好意思。但是我并没有笑他的心思。

苦尽甘来

经过了两天的暴风雨之后，我们居然遇到了晴天。从此一直到第五天过完地中海，都是风平浪静的。彭高兴地说：“现在是苦尽甘来了。”

“苦尽甘来”的确是一句美丽的话。这几天来熟读了《红楼梦》的彭解释说：“要是没有前日的‘苦’，对于今日的‘甘’，也就不会感到多大的味道。既然经过了昨日的痛苦以后，到了今天慢慢儿去回忆它，又慢慢儿去细嚼现在的‘甘’，于是才恍然大悟这‘苦尽甘来’是怎么一回事了。”

这地中海上最后三天的航行，可以说是整个

旅程中最好的三天。风平不消说，浪静更不消说。天气不热，海上又有很好的风景。船经过意大利的时候，岸上的景物非常美。山坡上建筑的洋房一层一层地排在那里，整齐和朴素中露出一种新鲜的风味。

我们还看见一座意大利的火山，山顶上在冒火，下面流着硫磺一类的东西。可惜是在白天，若在夜里，一定有一番奇丽的景象。

后来又走过几座山，山顶还有积雪，白皑皑的在发光。在广东生长的李和黎同那个生长在印度的英国人都很兴奋，说这是他们第一次看见的雪。

这几天舱面上人不多，因为一则天气凉爽，在舱里休息也还舒服；二则船快要到马赛，有些人要整理行李。我没有什么事，一个人拿了书安静地躺在帆布椅上，晒太阳。我看了几页书，就闭上眼睛睡一会儿。这种安闲的生活，的确不错。

老歌者

在印度洋中船上开过一个游艺会，是由头二等舱的旅客发起和主持的。据说每次的航行中都要开一次这样的游艺会，游艺会的全部收入，都捐给那个抚恤海上遇难者的团体。我们买了票，但是没有参加会。游艺会的节目单贴出来时，我们也不曾注意。

听说游艺会的结果很好，有一些西洋的夫人和小姐在会上出了风头，自然也有绅士们肯捧场。

游艺会闭幕后，三等舱旅客的音乐趣味也渐渐地高起来。从那个时候起，除了进地中海的头两天外，第四层甲板上，每晚都在举行小型的音乐会。晚上九点钟光景，一个老头儿跑上舱面来，拿了一只曼陀璘，一面弹，一面唱法国的小调。

这个老头儿是在船上服务的，年纪不小了。他年轻的时候也许是一个出色的歌者，可是如今声音哑了。破喉咙唱着柔媚的小调，老年人歌唱年轻人的情怀，尤其是唱到使人动感情的地方，许多人都大声笑起来，女人笑得特别厉害，她们连各种各样的声音都笑出来了。于是两个年轻的水手便在歌声中相抱地跳起舞来，这也是使人发笑的资料。

利利的父亲会拉提琴。在那个老歌者叫哑了声音以后，他也奏一支曲子来娱听众。据说他拉得很好。大家都静静地听着，让提琴的柔软而悲泣的调子，在静夜的海上飞舞。

老歌者的兴致非常好。他虽然常常唱着同样的几支小曲，但是并没有人讨厌他。而且我们还应该感谢他，因为他肯花费每晚的宝贵时间来排遣长途的旅客的寂寞。

海上生明月

四围都静寂了。太阳也收敛了它最后的光芒。炎热的空气中开始有了凉意。微风掠过了万顷烟波。船像一只大鱼在这汪洋的海上游泳。突然间，一轮红黄色大圆镜似的满月从海上升了起来。这时并没有万丈光芒来护持它。它只是一面明亮的宝镜，而且并没有夺目的光辉。但是青天的一角却被它染成了杏红的颜色。看！天公画出了一幅何等优美的图画！它给人们的印象，要超过所有的人间名作。

这面大圆镜愈往上升便愈缩小，红色也愈淡，不久它到了半天，就成了一轮皓月。这时上面有无际的青天，下面有无涯的碧海，我们这小小的孤舟真可以比作沧海的一粟。不消说，悬挂在天空的月轮月月依然，年年如此。而我们这些旅客，在这海上却只是暂时的过客罢了。

与晚风、明月为友，这种趣味是不能用文字描写的。可是真正能够做到与晚风、明月为友的，就只有那些以海为家的人！我虽不能以海为家，但做了一个海上的过客，也是幸事。

上船以来见过几次海上的明月。最难忘的就是最近的一夜。我们吃过午餐后在舱面散步，忽然看见远远的一盏红灯挂在一个石壁上面。这红灯并不亮。后来船走了许久，这盏石壁上的灯还是在原处。难道船没有走么？但是我们明明看见船在走。后来这个闷葫芦终于给打破了。红灯渐渐地大起来，成了一面圆镜，腰间绕着一根黑带。它不断地向上升，突破了黑云，到了半天。我才知道这是一轮明月，先前被我认为石壁的，乃是层层的黑云。

最后的一夜

经过了风平浪静的三天以后，经过了意大利和瑞士两个山明水秀的国土以后，我们的船明天就要到达它的目的地马赛了。

今天上午法国管事开了账单来要洗衣服的钱。安南茶房也来要酒钱。他们这几天对我们特别客气。往常下午喝茶时，茶房照例只给每人斟一杯，这几天他们常常拿了茶壶自动地给我们添茶，今天甚至斟了三次。对于打扫房间的茶房，我们每人给他二十法郎；对于餐厅里的两个茶房，每人也给他们各十个法郎；对于法国管事，我们每人给他五十法郎。

照例星期六的饭食比平日的好。这一天因为是最后的一日，所以也很不错。往常星期六的午餐多一杯冰淇淋，今天的午餐多了一样点心。

我的行李在上午就整理好了。床头上堆的那些书，今天也给放进皮箱里去了。我又把那一套比较好一点的衣服取出来，准备上岸时穿。

晚上我们同船九个熟人在房里开了一次会，商量第二天下船的事情，大家推邓做“总指挥”，请他主持一切。我们预定的明天的日程如下：

船上午七八点钟靠岸，我们等验过护照后上岸时恐怕在十点钟光景。我们再把行李弄到车站上去（我和卫的重要行李还存在货舱里，临时要拿单据去取），买好车票出来，至早也会到十二点钟。火车晚上开，我们吃过中饭，还可以去逛一些地方，兴尽了便买点面包和火腿到车站上去等车。

我们这样决定了以后，大家放了心。但是也有一些人很急切地盼望着明天的到来，我便是其中的一个。

乡　心

我不想睡，趁大家酣睡的时候，跑到舱面上去走走。

我上了舱面就感到一股寒气，不由得扯起大衣的领子来。四周没有一个人，只有吵人的机器声时时来到我的耳边。

浪很小，船也平稳，风并不大。一轮明月照在万顷烟波之上，蓝色的水被月光镀上了银色。月光流在波上，就像千万条银鱼在海上游泳。我这时真想拿一根钓竿，把它们钓几尾上来。

我默默地在舱面上走着。明月陪伴着我，微

风轻抚着我。有无涯的大海让我放观；有无数的回忆尽我思量。人生难得几良宵。是乐么，还是痛苦?

三十四天的旅行到此告了一个段落。明天太阳照眼时，我们就要踏上法国的土地了。这时候似乎又觉得船走快了些。现在对于海上的生活又感到了留恋。这三十四天的生活的确是值得人留恋的。然而明天我们一定要上岸了。

“明天要上岸了”，和以前在家时，在上海时，“明天就要走了”的思想一样，激动着我的心。这种时候要说是快乐罢，自己心里又不舒服；要说是痛苦罢，又是自己愿意做的事情。这是怎样的矛盾啊！我一生就是被这种矛盾支配了的。

不知道怎样，我竟然被无名的悲哀压倒了。四周有这么好的景致，我却不能欣赏，白白地拿烦恼来折磨自己。时候不早了，明天还得走一整天的路。倘若在家里，我的大哥一定会催我：“四弟，睡得了——”现在呢，即使我走到天明，也没有人来管我。能看见我的，除了万顷烟波之外，就只有长空的皓月一轮。

“海上生明月，天涯共此时”①；“共看明月应垂泪，一夜乡心五处同。”② ——锋镝余生的我，对此情景，能不与古诗人同声一哭！

然而过去的终于是过去了。我应该把它们完全忘掉，我需要休息。明天我还得以新的精力来过新的生活。

---

① 见张九龄的五言律诗《望月怀远》。

② 见白居易的七言律诗《因望月有感……》。

到了法国

大清早船在马赛靠了岸。我们到了法国了。

我走上舱面，看见船上的水手和岸上的人打招呼。岸上有许多法国女人，来迎接她们的亲友。

码头上有许多穿制服的人，大概是搬运公司里的人罢，他们来来往往向船上的乘客兜生意。一些人在岸上摇着白手巾，一些人在岸上握手。

乘客们只好留在舱面上闲谈。谁都要等警察来验过护照以后，才能够上岸。什么时候开始验护照，布告上虽然规定了时间，但是不一定靠得住。有些人现出不耐烦的样子，也有些人很安闲地在向岸上的女人打招呼。回到故乡的人心中的快乐，常常在无意间流露出来。

岸上的人愈聚愈多。船那边，在林立的烟突中间现出来一轮斗大的红日。

“Passport！”① “Passport！”法国管事走上舱面来大声叫着。我们知道要验护照了，便跟着他走到头等舱的吸烟室里。

一个四十岁光景的法国人坐在沙发上，面前放了一张桌子，旁边坐着一个穿警官制服的人。那个法国人一面叫名字，一面看护照，随便问一两句话，盖上一个印，就算了事。虽然别人心里很急，他却很从容地办这件事情，慢慢地从一大堆的护照中间取出一本来，故意做出郑重的样子翻几下，东一看，西一看，好像极力要找出什么毛病似的，有时又跟警官商量几句。这时候吸烟室内挤满了人。谁都害怕叫到自己的名字时听不见，错过了机会，便不敢走远，而且也不敢作声。

① Passport（法语）：护照的意思。

因此连这种单调的问答声都可以听得很清楚。西洋人沾了他们高鼻子的光，先验过护照走开了。我们的轮值却在后面。

“从哪里上船?”

“上海。”

“到什么地方?”

“巴黎。”

“到那里做什么事?”

“读书。”

这样简单地回答了以后，我们拿到了自己护照，高兴地回到舱房里，现在我们真要走了。

邓出去叫脚夫来搬运行李，我们留在房里等候。不久他就带了一个脚夫进来。脚夫点过了行李的数目，又去把我们存放在货舱里的箱子取了出来。每点一件行李，他就给我们一张票子。我们把钥匙都交给他，便径自上岸去了。这是旅馆的脚夫，有点像上海旅馆的接客人。我们把钥匙给他，因为海关还要检查我们的行李。

“昂热，　再见！”

我们正要上岸，在舱面上遇见了一个四十多岁的中国人。他看见邓便讲起广东话来。我后来知道他是马赛一家中国转运公司的办事人。他得到李的舅父从巴黎拍来的电报，到船上来接李。

什么事情都弄妥了，不必再留在船上了。于是大家都“开步走”。

走上了岸，再回头望望我们的船。它的巨大的身体横在岸边，动也不动一下。人们像蚂蚁一般在它的身上爬来爬去。

“昂热（Angers），再见！”我冲口说出了这句话，我用留恋的眼光看了它最后一眼。

别了！三十五天来的伴侣，载我到这个“美丽的国土”来的昂热啊！

马　赛

加上李的朋友，同行一共十个中国人，走过海关，因为说是学生，承他们优待，没有留难，就让我们过去了。现在踏在我们的脚下的，确实是法国的土地了。

第一瞥！这第一瞥的印象是什么呢？街道么，宽敞而整洁；建筑么，高大而漂亮；人物么，两边人行道上来往的有无数服装整齐的男男女女。没有坏的印象，但也没有特别好的印象。

我们跟着李的朋友走，上岸不久就去坐电车。天气很冷，我站在车门口，风刮着我的鼻子。在车上看外面的景物倒有些模糊。到了一个站，李的朋友下去了，我们也跟着下去。

马路上汽车很多，走路也得小心，因为在船上颠簸久了，走上岸来总有些不惯。我们又不认识街道，也不知道应该到什么地方，只好跟着别人的脚跟走。不久我们在一个商店的门口站住了。玻璃店门上挂着中文招牌："梁忠记"。这就是李的朋友服务的那个转运公司。他陪着李、邓、黎三个广东学生进去了，我们在外面等着。后来有一个年老的法国女人开了门，请我们进去，我们也就进去了。外面是办事的地方，两张长方桌子，中间留了一条过道。我们走进里面，那里是梁本人的办公室，房子并不大。靠着进门的一边墙壁放了一张方桌，上面堆了些文件，墙上钉了八张风景片，都是火山的景象，而且是在晚间摄的，比我们在船上亲眼看见的要奇丽若干倍。对面一堵墙上挂了一张轮船航线图。

在这里坐了十多分钟，我们又出发了。我们先到邮局，我在那里拍了一个电报给巴黎的友人吴。从邮局我们又到旅馆去看行李。旅馆也还不错，外面装了一排玻璃房子，里面是饭厅，楼上是房间，但我们并没有上去。旅馆里的人告诉我们，行李已经送到车站去了。我们决定在这里吃过中饭，再到车站去看。

在饭厅里我们十个人（连李的朋友在内）坐了两张桌子。大家点了菜。我要了一样汤，一样小牛肉，一样马铃薯，一杯咖啡；他们要的也差不多。菜还可口。吃饭时有两个茶房在旁边伺候，还有三批音乐师来奏乐讨钱。我们喝了咖啡以后看账单，才知道每人吃了二十多个法郎，倒并不便宜。杨却吃惊地抱怨说太贵了。行李费每件十七个法郎。我和卫两个共有五件行李，都是很重的，多花一点钱也不算什么。杨只有两件很小的行李，却也花了三十四个法郎，未免不值，所以他又在叫屈了。

饭后我们就到火车站，买了车票，把行李票也买了。我们六个人买的是三等票。那三个广东学生一定要买二等票，票价比我们的贵一倍，是三百多法郎。我和卫的行李过重，行李费加到了一百七十几法郎。彭的行李并不多，然而他那件大箱子本身就太重了，也花了一百十几法郎的运费。

从火车站我们又走到公园。我们在公园里玩了好一会儿，才出去买了火腿和面包。我们经过的街道都很宽敞，常常在十字街头或者广场上看见铜像、石像和别的纪念碑。这些艺术品把马赛装饰得很美。

买完东西已经六点钟了，我们便到一家中国饭馆去吃饭。饭馆的名称是共和饭店，到了那里就好像回到了中国。里面有一间小房子，四个中国人在那里打麻将牌，吵得很厉害。外面的房间里只放了一张大餐桌和几张方桌，几个华工在那里谈话。我们围着那张大餐桌坐下，点了十多样菜，半点钟以后菜端来了。我们好久没有吃中国菜，大家都吃得很高兴，算账下来不过七十多个法郎，众人都说便宜。

饭后茶房来把桌子收拾干净，我们又坐下来

闲谈。这三十几天来的旅伴，明天早晨就要分散了。这是最后一次的聚会，大家有点依依不舍，便互相把姓名和通信处抄下来，珍重地藏起。

从饭店出来，我们坐上两部出租汽车到车站去。到了那里，自然还有许多麻烦的事情。但是人多也就不怕麻烦了。不用说我们很顺利地上了火车。

前面有不可思议的未来，后面是三十五天的长途旅程，我的心真难找到一个安放的地方！

夜很冷。在我的模糊的睡眼里看来它又有些梦幻的色彩。火车开了，我似梦似真地离了马赛。

三等车中

三等车厢里一个房间坐八个人，有皮垫子，有蒸汽管，可以说是相当适意。然而我们六个人占一个房间，真没法睡觉。

坐过夜车的人，总知道每次车停、乘客在睡眼朦胧中看窗外的站牌、或者听站丁报告站名的时候的感觉罢。单调的车声忽然停止，车也不动了。由于物的“惰性”，人的随车行而频点着的头，受了震动，便也突然惊醒起来，才知道又到了一个新站了。于是又连忙问同伴这是什么站，或者打开车窗伸出头去东张西望，一看见站牌知道路程还有多远，心里也就稍稍宽慰了。我坐夜车，总要在车上打盹，然而又不能够熟睡。这晚上也就是这样地过去了。虽然在马赛车站里买了一本左拉的短篇小说，打算在火车上翻看，却没有看完两页。

不知到了什么时候，天才亮了。

一轮红日从树林里露出光芒来。两边尽是田畴。法国乡村的景致还不错，可惜火车跑得太快了，我不能够仔细欣赏。每个站上都有人摆摊子卖咖啡，许多法国乘客都下车去喝一两杯，我和卫也下去喝了。

大约在九点钟左右，我们到了巴黎的里昂车站。这是巴黎的最大车站，自然很热闹。

吴在月台上找我们。他先看见卫，后来便认出我来。他伸出那只大手把我的手紧紧握着。我和他通信两年多，还没有见过面。

病榻看雪

到了巴黎，我第二天便病倒了，那时我住在Blanville街五号的旅馆[①]里，时间是二月二十日。我是一月十五日离开上海的。

二月的天气在这个多雨的城里算是最冷的时节，我又住在第三层的高楼上，看不见阳光，房里一切都是灰色的。开了窗我又受不住冷风，关上窗户，房里就成了黑暗世界。窗外便是对面的高楼，下面是窄狭的街道。天空是阴暗的。

① 旅馆：还是指公寓。

早晨吴和卫来看我。他们谈得很起劲，我一句话也不曾说，他们也没有注意。吃中饭时，他们约我出去，我说，不想吃东西，我病了。他们两个就出去了。

我头昏，心里难受，四肢无力，疲倦地躺在床上。忽然想起昨晚在吴那里拿来的一本书还在枕头边，是昨夜临睡时读了几页后放下的，我拿起来读了一页，就觉得读不进去，不能够把心放在书上，只得抛下它，一个人在床上胡思乱想。后来我居然睡着了。还是卫和吴的敲门声把我惊醒起来的。

他们给我买回来了酒精灯，锅子，糖。卫在这里照料，吴又出去买了酒精和牛奶。他们把牛奶煮好拿给我喝，我本来不想喝什么，却也听了他们的劝，勉强喝了一大杯，又重新睡着了。

大约过了两个钟头，他们又把我唤醒，煮了一杯牛奶给我喝。窗外有白色东西在飞舞，像柳絮，像棉花，又有些细微的声音。我不知道这是什么，问卫，他说："落雪了。"

“落雪了”，这三个字把我心头的烈火完全弄灭了。窗外的雪霏霏地落，我心里的寒冷也不断地增加。吴在旁边读报，他忽然告诉我：丹麦的文学批评家乔治·布朗德斯[①]病故了。

① 乔治·布朗德斯（G. Brandes，1842—1927）：《十九世纪欧洲文学主流》（六卷）和《俄罗斯印象记》等书的作者。

巴　黎

一个月后我写信给三哥，那时我已经搬到Tournefort 街的旅馆里了。

你叫我把整个巴黎城描写给你看，这是超乎我的能力以上的事情。

我来巴黎不过一个月，住在拉丁区的一家旅馆里。每天除了照例到卢森堡公园去一两次，晚上到学校补习法文外，就把自己关在六层高楼上一间充满煤气和洋葱味的小屋里面。我所看见的只有一个四方的小小的天，连阳光也看不见。

黄昏时分我也常常去街上走走，附近的几条街上，晚间向来很清静，商店往常在六七点钟就关了门，所以街上也没有多少行人。我一个人默默地在宽敞的马路上散步，我的心好像被什么东西关住了一般，在我的周围尽是无形的墙壁。路旁关上了的商店的门，都把它们的秘密关在里面。那无言的墙壁似乎也现出了痛苦的颜色，使人知道它心里有无穷的隐痛。一盏煤气的街灯，一个破败的烟突，都有它们的痛苦的历史。还有那好像在燃烧的红天，像两块墓碑一般高耸着的圣母院的钟楼，整日整夜悲鸣的圣母院的钟声……静寂的街上仅有的行人：穿着破衣服的工人和穷学生，以及颈项上围着狐皮的中等人家的太太小姐，都匆匆忙忙地走过去了。有的一言不发，有的唱着歌，说着笑话。然而就在这歌声和笑声中也含得有一种痛苦的声音，好像每个人都在强为欢笑！他们笑只是为了止住哭。从此我才觉得我不曾了解人，也不曾了解巴黎。巴黎的秘密也不是我一个短期的旅客所能够了解的。那么我非但不配描写巴黎，就是想描写也不能够！

以后假若我还有精力再提起笔，我会写一部《巴黎杂记》给你看……

附录 《海行杂记》余稿

《海行》初稿手稿（一九二七年一月至十月），在沙多-吉里写完，大约先于《灭亡》十个月。

一九三二年校改后交给上海新中国书局出版，另写了序言，并删去最后两篇文章。（一九三二年十二月）。

一九三六年上海开明书店重印本书，改名《海行杂记》。

这次的复印件中把初版未用的旧序（一页）漏掉了。

《最后的话》也未用过。这篇短文讲到两封李尧林自苏州东吴大学寄来的信它早已给撕下捐赠文学馆了。

巴金 九三年八月廿七日

海行初稿手稿[①]

1927年1月—同年10月

一九三二年新中国书局初版（删去最后的两篇，另写序言），书名《海行》。一九三六年改名《海行杂记》，由开明书店刊行。

这是我的第一部著作，完成在《灭亡》之前一年。

这次复印时漏印初版未用的旧序（一页）。

《最后的话》未用。尧林的二信已取下捐赠文

① 巴金故居保留此稿的一份复印件的首页有巴老用蓝色圆珠笔写下的一段说明，似乎是上述说明的底稿，文字略有出入。

学馆了。

赠现代文学馆

巴金

九三年九月八日

献给

我的亲爱的

大哥和三哥

这本小书是在西贡买的，买后二日开始写这本游记，但在马赛上岸时只完成了一部分，在巴黎继续写就一部分，一直到今天才写完。计算起来自开始至完结历九个月，虽然经过这样长久的时间，但此书仍是速成之作，潦草地方太多了。写完后自己略看了一遍，觉得太不成东西，本想抛在火炉里面和那熊熊烧着的煤炭同归于尽，然而转念这究竟是一部生活的记录，虽是流水账，但留着将来查看也有点好处。不过在漂泊无定的我，这本书恐有遗失之虞。最好还是送与大哥罢！

亲爱的哥哥，不仅这本书要你保存，便是我的生涯的一部分也要你保存了。

寄你这本书，我的心也放在里面寄与你了。

尧棠 一九二七年十月十九日于

Château Thierry，(aisne)

France

《病榻看雪》残稿

心肝等都吐出来了的话，我也心甘。

然而现在竟病倒在巴黎的旅馆中了。二月的天气在这多雨的城里算是最冷的时节，我们又住在三层的高楼上，阳光是看不见的，房里的一切都是灰色的，开着窗户，又受不住冷气，待闭着窗户又太黑了，真令人左右为难。

在这样的时节，太阳本来少见，天空永久是灰色的，而且在那两边高耸着高楼大厦的窄狭的街道中灰色的光线也很难跑进那些陈旧不堪的房子里来。回想在中国抬头看青天的幸福，真觉得有如隔世了。

在这样的时节，这样的环境中患病本是苦事，更何况看惯了南国风物，住惯了明媚的江南的新来的我！

在病榻中睡着又听到克刚报告的丹麦文学批评家布南兑斯（Brandes）逝世的消息更令人伤感。布南兑斯的名字我知道已久，在中国也常见他的著作，他又是克鲁泡特金的好友。

这天早晨友人李卓和克刚来看我们，他们和惠林谈话谈得很高兴，我一句话也未说，他们没有注意，直到吃午饭时候，他们约我出去我说我不想吃。他们问，这是什么缘故，我才说我病了。

他们出去了以后，我一个人在病榻上有无穷的感想，昨夜从克刚那里拿回来的一本法文《少年维特之烦恼》，在我的枕头旁边，是昨晚临睡时读了放下的，这时拿起来，读了几页，总觉得读不进去，不能把心放在书上，只得抛了书在床上胡思乱想。不知在什么时候我竟睡熟了，惠林他们的敲门声惊醒了我。

他们买回来了糖，酒精灯，锅等等，把东西弄好后，他们又出去买酒精和牛奶。买了这两样东西回来，他们便把牛奶烧起，牛奶烧好后他们定要我喝，我本来什么都不想喝，听了他们的劝，只得勉强喝了一大杯，又重新睡着了。

大概过了两点多钟，他们又把我叫醒，烧了一杯牛奶与我喝。窗外好像有白的东西在飞舞，我不知是什么，问惠林，他说，“落雪了。”

“落雪了”这三个字把我心头的烈火完全灭尽。窗外的雪只是霏霏的落，我心的冷也是不断的增加。病弱的我怎当得这样寒冷的时节！南国的风物，山明水秀的江南何时可再见呵。这时候一切的希望都离开了我，陪伴着我的只有两样东西，病和雪。

红　天[1]

杨之爱君是我在 Alliance Française[2] 的同学，他是崇明人，他也是从明媚的江南来的，而且来法之前，他曾在新加坡住过两年。这样他自然有点讨厌那多雨的巴黎了。其实与其说是讨厌不如说是出怨言，因为他是讨厌巴黎而又不能不住在巴黎的。

在他向我叙说的巴黎的许多特点中最令我惊奇的便是他说巴黎晚上的天是红天！

那一晚在 Alliance Française 下课出来以后，我们在那冷静的街中冒雨而行，杨君用手把天指

① 本页手稿上方，巴金在 1993 年捐赠时标注："海行杂记初稿手迹（1927 年三月——十月）"。

② Alliance Française，法文协会。

与我看。呀，果然是红天。若在中国，我一定要叫失火了。

在红天中那黑的高耸着的古建筑越发黑了。只有在这个时候，我才觉得那些古建筑的可怕。著名的圣母院（notre-dame）的两个钟楼，好像两座高的墓碑。这上面染了不少的人的血液。在 Hugo① 的小说“Notre-dame de Paris”② 中那位牧师曾从这上面跌下来跌死了。我不知这小说里所描写的事实是真的或假的，然而我相信将来有一天，那许多假冒为善的牧师都会从这上面跌下来的。

巴黎在焚烧了，难道你圣母院的两个钟楼能逃脱此浩劫么？

回到旅馆里，煮了茶喝，教堂的钟声响起来了，在这静寂的晚上，这钟声听起来异常凄惨，我不知我身在什么地方了！难道我是生在尼罗（奈龙）时代的罗马城内么？

---

① Hugo，雨果。

② “Notre-dame de Paris”，《巴黎圣母院》。

旅 馆

说起旅馆两个字，也许别人要误会，其实我之所谓旅馆——巴黎的一种旅馆与中国的旅馆大不同。巴黎的旅馆大小虽不同样，然而大抵可分为两类。一像中国那样的旅馆，为旅客歇足之地，一即中国北京那类的公寓，是一般穷学生的住处。我所说的旅馆自然是指后者。

我把我住的旅馆比作公寓，自己觉得是再恰当没有的。住过公寓的人定会懂得我的话，然而那些不曾住过公寓的人便无法了解了。不过我要声明一句，法国的旅馆要比中国的公寓好。

我在巴黎住过两个旅馆，然而这两个旅馆的名字也不知道。其实也不容易知道。因为法国人不像中国人那样，老是在几个吉祥的字眼堆里打转，你也名利栈他也泰安栈，很少能取个新奇的名字的。法国的旅馆的名字大都就是主人的名字。旅馆常常易主，名字也是时常改换。就拿我住过的两个旅馆来说现在都换了主人了。

我在第一个旅馆住了一月，第二个旅馆住了四月。第一个旅馆是在 Blanville 街第五号，第二个旅馆是在 Tournefort 二号。Tournefort 二号的经理人 Madame Grappin 一个三十岁左右的女子，对我们很客气，我与克刚搬家时（克刚住城外，我来 Château Thierry）曾买了两盒中国点心，一筒茶叶送与她，她很满意。我来此曾寄了一张风景片去，我第二次到巴黎时，她说了两次的感谢语。

旅馆的设备并不精致，不过什么东西都有。睡的盖的，面盆脸帕，应有尽有。每一间房子里都有 gaz① 的架，烧饭时很方便，只要把开关打开，用火柴一点便行了。不过用过 gaz 后房间里总有一点气味，冷天还不觉得什么，热天就讨厌了。我在 Tournefort 最后的两个月简直等于受罪，一进房间闻着 gaz 味，头便昏了。还有对面的一间房里住了一对青年夫妇（西洋人），他们爱

① gaz，燃气。

炒菜，洋葱的气味时常跑到我们的房里来，不仅一个短时间而已，常常几天都不会消失。洋葱吃起来并不坏，不知怎么它的气味这样的难闻。

旅馆里每天都有 Bonne 来扫房子。她不住在旅馆内，每天早晨八点钟（冷天九点钟）便到旅馆来，从下面一层扫起一直扫到最上一层。有时在十二点钟便扫完了，有时还要弄到下午二三点钟。这对于我是一件讨厌的事，因为扫房子的时候，我们应该出去让她一个人去弄。我算定她要扫到上面来了，便跑出去，或到公园或在街头散步，谁知回来时，她还没有扫到我们的房间来，因为她最爱谈话，时常谈起兴来便把什么事都忘掉了。这是许多法国女子的习惯。但对于我却异常的讨厌，因为我们要等她扫房子，她却在旁边高谈阔论，弄得我们事也不敢做，恐怕刚做起事来她又跑来扫房子了，真难得收拾。总之为了这一件事牺牲了我不少的时间。

信是我平日最喜欢的，邮差也是我最欢迎的。现在我每天至少总有一封信，最多时有四五封，不过在巴黎时我的信并不多，但也不能算十分的少。总之隔三五天总有一信就是了。信来时，平信由房东（即经理人）转送来，挂号信由邮差直接送进房里，我没有挂号信，大都是平信，故多由房东送来。她敲门总是很急，每听着又急又重的敲门声，而且又是在十一点，或午后七点钟的时候，我便知道这是房东送信来了。“Entrez①！”这声音里面是含着无限的快乐呵！

脸帕一个星期换一次，是房东来换的，记得有一次克刚弄菜把脸帕烧了一个洞，星期六房东来换脸帕时看见了，她问惠林怎么成了这样子，惠林以他的不完全的法语告诉她说这是做菜时烧了的，但他又说不清楚。房东便笑着和他说：“你这顽皮的孩子！”其实惠林今年已经有二十八岁，房东也不过才三十几岁。在中国人看来，未免有点奇怪，其实那房东却是非常的客气（gentille）咧！（这客气和中国式的假

① Entrez，请进。

客气完全不同。）

那个房东给我的印象很深，她的确有些地方可爱，一天无论在什么地方见着她，她总是笑容满面，她对于什么人都好。杨之爱君欠了一个多月的房钱，她不但不问他，反要借钱与他吃饭，杨君不肯要，她一定要借与他。克刚被法政府驱逐，预备到比国去，没有钱。她知道这消息，她竟愿借钱与克刚到比国。克刚后来因有法国朋友替他运动，竟得着暂留法国的允许，所以没有收她的钱。

她爱叫我做小先生（petit monsieur）或学者（savant）因为我每天进出（除买东西外）都要带几本书的。有一次我烧饭烧焦了，他（她）在外面走过闻着气味，敲门进来，我还不知道呢，还是她把锅端下来了。

来学校后，起初两月我的信都是寄在巴黎的，承她转了不少的信来。说到中国的房东，他们很少这样做的，人走了，什么事都完了，还管这样的闲事。

Tournefort 二号我是再没有居住的可能了，虽然人事变迁不可预料，然而在现在看来那是不可能的。那么对于那个房东，我拿什么东西做纪念呢。在这里我把她的笔迹贴在下面[①]，它将和我的这本游记同入我的读者的眼帘。假若将来我还有看见这游记的一日自己不知作何感想!

最后的话

本来预备了二三十页来写巴黎杂记的，谁知后来因为写信没有信纸的缘故竟一张一张的把这本东西扯成现在这个破烂的样子，而且也没有空白地方再写下去了。要再写一本呢，又不知要什么时候才可写完，多忙的我已没有自信的能力了。

---

① 本页手稿下面贴有巴金和吴克刚在巴黎地址的横条，为打字件，其中地址两行被划去，有手写的巴金在沙多-吉里的地址：College de Château Thierry，aisne，这行字为房东手写。

虽然还有“卢森堡之春”“我们的春日”“圣母院的钟楼上”“蜡人馆记游”“Louvre 记游”“国庆节”等等可写的材料，现在也只得割爱了。

在这本小册的后面恰巧发现了两封信，这是三哥在我临行前的几天寄我的，当时放在大衣的袋里，到了巴黎后不知怎么又放在这本小书里面。现在写到最后看见这信很感动，就把它们贴在后面做一个纪念。